www.mayabook.co.kr

www.mayabook.co.kr

절대자의 게임

절대자의 게임 ⑭

지은이 | 설화객잔-화운(話云)
펴낸이 | 권순남
펴낸곳 | (주)마야・마루출판사

등록 | 2008. 1. 7(제310-2008-00001호)

초판 인쇄 | 2016. 8. 12
초판 발행 | 2016. 8. 17

주소 | 서울시 노원구 상계 1동 1049-25 신영산업 BD 602호
대표전화 | 02-2091-0291
팩스 | 02-2091-0290
이메일 | marubooks@hanmail.net

ISBN | 978-89-280-6389-5(세트) / 978-89-280-7200-2
정가 | 8,000원

잘못된 책은 교환하여 드립니다.
저자와 협의하여 인지를 붙이지 않습니다.

「이 도서의 국립중앙도서관 출판시도서목록(CIP)은 서지정보유통지원시스템 홈페이지(http://seoji.nl.go.kr)와 국가자료공동목록시스템(http://www.nl.go.kr/kolisnet)에서 이용하실 수 있습니다.」
(CIP제어번호:CIP2016019385)

PLAY 절대자의 게임

MAYA & MARU FUSION FANTASY STORY
설화객잔-화운(話云) 퓨전 판타지 장편소설

14

마루&마야

▲목차▲

제1장. 두 번째 성지 …007

제2장. 안녕! 크마시온! …039

제3장. 슈퍼 …071

제4장. 재회 …103

제5장. 메이던 지역 …133

제6장. 21그램 …161

제7장. 세 번째 성지 …193

제8장. 포일런 …223

제9장. 연속 퀘스트 …255

제10장. 다가오는 위협들 …285

절대자의 게임

제1장

두 번째 성지

콰스스스-

매캐한 연기 사이로 햇볕이 들어왔다.

햇볕이 들어와? 어떻게?

여기는 산 안에 있는 시설물인데?

오도스는 놀란 눈으로 휑하니 뚫린 벽과 마기가 증발해 버린 공간을 번갈아 가며 쳐다봤다.

'사, 산의 한쪽을 완전히 날려 버렸다고?'

섬뜩한 기분이 들었다.

물론 오도스 또한 산의 한쪽 면을 날려 버릴 만큼의 폭발력을 가지고 있긴 했다.

하지만 그건 공간 전체를 마기로 채우지 않았을 때나 가능한 일!

 한니발은 자신이 만들어 낸 마기 방어막을 모두 뚫은 후, 단단한 벽까지 날려 버린 거였다.

 '젠장!'

 오도스는 서둘러 다이케로스의 기운을 불러내었다.

 쿠르르르-

 그러자 시커먼 마기가 여러 마리의 뱀처럼 꿈틀거리며 온몸을 감쌌다.

 한니발을 가두기 위한 일이었다.

 무리하긴 했지만 그렇다고 해서 모든 마기를 소비한 건 아니었다.

 '제까짓 게 아무리 절대자의 자격을 가지고 있다고 해도 아직은 나한테 안 된다!'

 그렇게 생각하는 순간이었다.

 후으윽-

 공중에서 느닷없이 한니발이 나타났다.

 '이렇게 빨리?'

 자신의 위치가 들통이 난 거다.

 "어딜!"

 오도스는 서둘러 마신 켈트곤의 방패를 들어 올렸다.

 눈 깜짝할 사이!

 투앙-

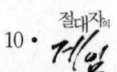

한니발의 검에 부딪힌 켈트곤의 방패에서 시커먼 불꽃이 번쩍였다.

"으허억!"

단순히 공격을 막았을 뿐이었다. 그럼에도 팔이 떨어져 나갈 것처럼 시렸다.

'미, 미친!'

블랙 스노우에 대해서는 이미 알고 있었다.

아이스 계열의 마법 검.

좋은 검이긴 했지만, 마기를 덧씌운 켈트곤의 방패에 무리를 줄 만큼의 데미지를 가지고 있진 않았다.

그런데?

찌르르-

팔이 미친 듯이 아팠다.

"이게 대체? 악!"

의문을 가질 시간도 없었다.

후악-

한니발이 상상도 못할 속도로 공격해 들어왔기 때문이다.

팡팡- 치칭-

오도스는 서둘러 검과 방패를 휘둘렀다.

파앙- 파앙-

속도라면 한니발에게 뒤처질 이유가 없었다.

자신은 마계에서 서열을 올린 마계 기사다. 그런데 아직 완전체도 아닌 한니발에게 밀린다고?

으득-

오도스는 어금니를 꽉 깨물며 한니발의 공격을 막아 냈다.

'내가 너무 봐주고 있었나?'

한니발이 죽으면 안 되니까.

놈이 죽으면 자신이나 위원회가 목적하던 모든 일이 허사가 되고 마니까.

그래서 잠시 소극적이었을 뿐이었다.

하지만,

츠르륵-

츠캉- 파캉-

한니발이 가진 힘이 상상 이상으로 강했다.

어설프게 응대했다가는 자신의 목숨을 장담할 수 없을 것 같았다.

그렇다면?

어쩔 수 없었다.

살기 위해서라면 최선을 다하는 수밖에!

"이젠 네놈이 죽더라도 어쩔 수 없다! 흐합!"

오도스는 기운을 최대로 끌어 올렸다.

촤라락-

그러자 온몸에서 촉수가 솟아나듯 시커먼 기운이 일렁였다.

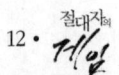

"크하아!"

오도스는 자신의 특기인 빠른 속도를 이용해 한니발을 공격해 들어갔다.

쉬익- 차자자장-

누군가는 눈을 한 번 깜빡일 순간이었고, 누군가는 숨을 살짝 내뱉을 순간이었다.

그 짧은 순간에 다섯 번의 검격이 공간을 찔렀다.

팡팡- 파앙- 팡-

검의 속도가 어찌나 빠르던지 공기가 응축되며 강한 폭발을 일으켰다.

그러나,

차자장-

"무, 무슨?"

한니발은 마치 어린 꼬마가 휘두른 나무 막대기를 아무 감흥 없이 쳐 내듯, 오도스의 공격을 모두 막아 내었다.

오도스는 다시 한 번 섬뜩함을 느꼈다.

순간 이번 승부의 승패가 기울고 있는 건 아닌가 하는 생각이 들었다.

'그럴 리 없다!'

도저히 안 되겠다고 생각한 오도스는 의원의 특권을 사용하기로 결심했다.

콰우르르르-

스킬을 사용하자 조금 전과는 비교도 할 수 없을 만큼 강한 마기가 주변으로 퍼져 나갔다.

물론 이건 그냥 사용하는 스킬이 아니다.

자신의 목숨을 걸어야 사용이 가능한 스킬!

'네놈을 죽이고 살아남겠다!'

콰우우웅! 파지지직-

흉흉한 마기가 오도스의 몸으로부터 빠르게 몸체를 불렸다.

저걱- 저걱-

한니발도 놀랐는지 경계심을 잔뜩 부풀리고 있었다.

오도스는 마기가 온몸에서 퍼져 나가고 있음을 느꼈다.

파스스- 파스스-

그 기운이 어찌나 강했던지 공기와 부딪친 마기가 위협적인 불꽃을 피워 내고 있었다.

촤르르륵-

늘어나는 마기를 막으려는 듯 한니발이 블랙 스노우를 휘둘렀지만,

파라랑-

불어나는 마기에 튕기고 말았다.

힘의 균형이 뒤집힌 거다.

방어 자세를 취한 한니발이 소리쳤다.

"대체 뭘 하는 거지?"

보면 몰라?

네놈을 죽이려는 거지!

이건 자신의 목숨을 걸고 사용한 필살기다.

"하뉘이바알! 이그언 니이가 자초오하안 이리다아!"

오도스는 한니발을 노려보았다. 몸집이 커진 덕분에 한니발이 아래로 내려다보일 정도였다.

으르르-

소리를 내어 보았지만 더 이상 목소리는 나오지 않았다.

대신,

크아아!

오도스는 한니발을 향해 포효했다.

자락-

한니발은 블랙 스노우를 고쳐 잡았다.

각성한 힘으로 오도스를 쉽게 제압할 수 있을 줄 알았다. 그런데 갑자기 괴물로 변해 버리다니!

순간 아야스로드가 떠올랐다.

'이놈들은 하나같이 더러운 스킬을 가지고 있구나!'

쿠웨웨웨-

그렇게 생각하는 사이, 괴물로 변한 오도스가 끈적한 브레스를 내뱉었다.

차각-

이민준은 절대자의 자격이 실린 방패를 들어 놈의 공격을 방어했다.

화으윽-

"큭!"

하지만 놈의 공격이 어찌나 강했던지 생명력이 조금씩 줄기 시작했다.

괴물로 변하면서 오도스의 마기가 기하급수적으로 불어나 버린 것이다.

'이 자식!'

이민준은 방패 밖으로 보이는 오도스를 무섭게 노려보았다.

이렇게 망설일 시간이 없었다. 자칫 시간을 끌었다가는 동굴 안에서 벌어지고 있는 이상한 의식이 끝나 버릴 수도 있으니 말이다.

만약 그렇게 된다면 많은 사람이 고통 속에서 죽게 될 터였다.

'그렇다면 나도 필살기를 쓸 수밖에!'

쉬잉-

이민준은 블랙 스노우를 돌리며 오도스를 향해 달려 나갔다.

카라락-

놈은 예상치 못한 이민준의 돌진에 주춤했다.

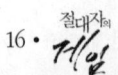

그러거나 말거나!

타다닥-

차라랑! 화르륵-

"크윽!"

오도스의 마기 범위 안으로 들어서자 온몸을 칼로 긁어 대는 듯한 통증이 느껴졌다.

그럴 만큼 놈의 기운이 막강했으니까!

하지만 이민준은 개의치 않았다.

'그깟 고통 따위!'

끔찍한 죽음을 기다리고 있는 수백 명의 사람들에 비하면 아무것도 아닌 거다.

타앗-

지면을 박차자 몸이 공중으로 빠르게 치솟았다.

크에으에-

덩치를 불린 이유로 동작이 느려진 오도스였다.

이민준이 순식간에 날아오르자 놈은 마치 파리를 쫓는 것처럼 양손을 마구 휘저었다.

'그런 공격에 맞을까 봐?'

이민준은 하늘을 날면서 놈의 공격을 피했다.

크아아아!

오도스가 미친 듯이 울부짖었다. 자신의 마기로 이민준을 막을 수 있을 줄 알았는데 느닷없이 달려들자 당황한 듯싶었다.
 이민준은 공중에 뜬 채로 오도스의 눈을 노려보았다.
 아주 짧은 순간이었다. 블랙 스노우는 놈의 넓어진 미간을 겨냥하고 있기도 했다.
 츠팟-
 그러는 사이, 이민준은 오도스의 눈에서 끔찍한 살의와 더러운 욕망을 보았다.
 자신의 이익을 위해 벌인 더럽고 치졸한 행태들.
 타인의 목숨을 가볍게 여기고, 누군가의 고통을 즐겁게 여긴 끔찍한 생명체!
 후욱- 후욱-
 오른손이 불에 타는 것처럼 달아올랐다.
 할루스의 뜻을 왜 모를까?
 꽈득-
 블랙 스노우에 모든 힘을 불어넣은 이민준은 스킬을 사용해 순식간에 오도스의 커다란 머리로 떨어져 내렸다. 그러고는 소리쳤다.
 "오도스! 할루스의 이름으로 널 사형에 처한다!"
 사악- 꽈득-
 블랙 스노우가 오도스의 머리에 박히는 건 순식간이었다.
 크어엉!
 오도스가 이해하지 못하겠다는 듯 공허한 눈으로 천장을

바라보았다.

그러고는,

스파악-

놈의 머리에서 밝은 빛이 터져 나왔다. 블랙 스노우가 박힌 부분이었다.

츠으읍-

짧은 순간 주변으로 퍼졌던 마기가 오도스를 중심으로 압축되듯 몰려들었다.

그러고는,

쿠앙-

시커먼 기운과 함께 오도스의 몸이 터져 나갔다.

파스스스-

터져 버린 오도스의 조각은 마치 뜨거운 용암에 닿은 듯 하얀 수증기로 변해 버렸다.

콰스스스-

그럴 만큼 할루스의 기운이 뿜어낸 에너지가 대단했기 때문이었다.

'더욱 강해졌어!'

대륙민들의 위기에 반응을 한 듯 주신의 기운은 막강한 화력을 보여 주고 있었다.

후욱-

이민준은 블랙 스노우를 돌려 진정되지 못한 기운을 다스렸다.

그러는 사이,

후아아악-

몸에서 밝은 빛이 터져 나왔다.

띠링-

[카라 : 축하합니다. 레벨이 올랐습니다.]

[카라 : 축하합니다. 레벨이 올랐습니다.]

2레벨이었다.

위원회의 의원인 오도스를 죽이자 2레벨이 올라 204레벨이 된 것이다.

레벨을 올린 건 기쁜 일이었지만 지금은 그런 기쁨을 누릴 시간이 없었다.

'어디냐?'

이민준은 감각에 집중했다. 트리움의 기운이 불어나고 있는 곳을 찾아내야 했다.

'이곳?'

공간 너머로 보이는 벽 쪽이었다.

단단한 물질로 이루어진 벽 너머에서 강력한 트리움의 기운이 느껴지고 있었다.

그렇다면?

콰스스스-

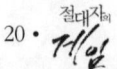

이민준은 일렁이고 있는 블랙 스노우를 들어 올렸다. 할루스의 기운이 여전히 막강한 힘을 뿜어내고 있었다.

시선에 들어온 벽에 집중했다.

공간과의 거리는 대략 50미터!

날카롭게 날이 선 감각이 정확하게 집어낸 거니까.

'가자.'

생각을 하자,

쿠아아앙-

강력한 빛줄기가 발사되었다.

콰우우웅!

굵직한 몽둥이로 눈 뭉치를 쑤신 듯 눈앞에 둥근 공간이 생겨났다.

할루스의 기운이 벽을 깔끔하게 뚫은 것이다.

'됐어!'

모든 준비가 끝났다.

그렇게 생각하며 뒤를 돌아볼 때였다.

"형!"

"주인님!"

((흐어어!))

때에 맞춰 아서베닝과 일행들이 반대편에서 나타났다.

이미 저들이 이곳으로 오고 있다는 건 알고 있었다.

오도스를 죽이면서 밖에서 일어났던 소요 사태가 빠르게

정리가 되었으니 말이다.

이민준은 카소돈과 크마시온을 보며 말했다.

"준비하세요. 트리움의 기운이 가장 강하게 반응을 하고 있습니다."

"그래요, 한니발."

"알겠습니다, 주인님."

"따라오세요."

이민준은 앞장서서 자신이 만든 터널로 들어섰다. 그리고 나머지 일행이 그 뒤를 따랐다.

스아압-

이민준은 빠르게 달려서 자신이 만든 터널을 벗어났다. 그러자 또 다른 넓은 공간이 눈앞에 나타났다.

쩌우우웅-

트리움의 기운으로 가득한 공간이었다.

그리고 바닥에서 춤을 추듯 일렁이고 있는 검은 기운들.

'감히!'

트리움의 기운은 뱀처럼 몸을 늘린 채로 공중에 둥둥 뜬 사람들의 생기를 빨아들이고 있었다.

이민준은 뒤따라 들어오는 카소돈에게 소리쳤다.

"제가 의식을 멈추겠습니다. 카소돈 님은 트리움의 기운을 자극해 주세요."

"알겠습니다."

탓-

말을 마친 이민준은 망설임 없이 바닥을 박찼다.

쉬익-

그러자 몸이 하늘을 날듯 마법진을 뛰어넘었다.

그러고는,

콰직-

제단이 있는 곳으로 단숨에 뛰어 들어왔다.

"뭐, 뭐야?"

한창 의식에 취해 있던 크리스탄이 화들짝 놀라며 손을 내렸다.

콰스스스-

그러자 마법진에서 일렁이던 트리움의 기운도 잦아들며 몸체를 작게 만들었다.

"끄으윽!"

"아으윽!"

"크으윽!"

다행히 사람들은 아직 살아 있는 것 같았다.

차앙-

이민준은 블랙 스노우를 들어 올렸다.

"이, 이게……."

자신의 목에서 섬뜩한 검날의 기운이 느껴지자 크리스탄

은 몸을 덜덜 떨면서 말을 이었다.

"서, 설마 죽이려는 건 아니겠지?"

미친놈!

자기 목숨 중요한 건 알면서 다른 이들의 목숨이 소중한 건 전혀 모를까?

이민준은 무서운 눈으로 크리스탄을 노려보았다. 그러자 움찔한 크리스탄이 조심스럽게 말했다.

"나, 나는 유저야. 살아 있는 사람이라고."

살아 있는 사람?

네놈만 살아 있고, 저들은 죽어야 할 존재라는 뜻이냐?

그렇게 생각하자,

후욱- 후욱-

오른손이 미친 듯이 달아올랐다.

짜릿-

이민준은 손에 쥔 블랙 스노우를 더욱 강하게 쥐었다.

조금 전 죽은 오도스도 유저였고, 눈앞에 있는 크리스탄도 유저다.

현실을 동시에 왔다 갔다 하는 이민준의 입장에서 살인이 달가울 리는 없었다.

그렇다고 이자를 용서하란 말인가?

이민준은 크리스탄의 눈을 바라보았다.

놈의 눈 안에서도 오도스와 같은 더럽고 추악한 모습이 고스란히 담겨 있었다.

 대체 게임 안에서 무슨 짓을 벌이고 살았던 거냐?

 후욱-

순간 감정이 고요해지는 기분이었다.

이민준은 손에 쥔 블랙 스노우에 힘을 불어넣었다.

 차르르륵-

섬뜩한 검기가 날카롭게 날을 세우며 크리스탄의 목을 노렸다.

 그러자,

 털썩-

 "크흐윽!"

 죽음에 대한 과도한 공포를 느낀 크리스탄이 그만 무릎을 꿇고 말았다. 어찌나 겁을 먹었던지 놈의 얼굴은 새파랗게 질려 있었다.

 '흐음.'

 무력하게 무릎을 꿇은 적.

 과연 이런 자의 목을 베는 것이 당당한 일일까?

 이민준은 고개를 돌려 힘없이 공중에 매달려 있는 사람들을 쳐다봤다.

 죄 없는 죽음 앞에서 고통을 받았을 수많은 사람을 생각한다면 여기에서 크리스탄을 죽이는 게 옳은 선택일 수도 있었다.

'하지만 난 무분별한 살인자가 아닌걸…….'

이민준은 고개를 흔들었다.

안타깝지만 조금 전과는 상황이 달랐다.

오도스의 경우에는 이민준의 목숨을 위협할 만큼 막강한 마기를 퍼트리고 있었다.

살인을 정당화한다는 게 우습긴 하지만 오도스를 죽인 건 어쩔 수 없는 상황이기도 했다.

하지만 크리스탄은?

저항 의지조차 없는 처량한 인간이다.

"후우."

이민준은 깊은숨을 내뱉었다. 그러고는 소리쳤다.

"베닝!"

"네! 형!"

후웅- 콰직-

이민준의 부름에 소년의 모습으로 변한 아서베닝이 하늘을 날아 이민준의 옆에 착지했다.

"베닝, 이자를 제압할 수 있는 마법이 있지?"

"안 죽일 거예요?"

"난 법관이 아니잖아. 전투가 벌어진 게 아닌 이상 처형은 내 몫이 아니야."

"형이 안 할 거 같으면 제가 확 먹어 버릴까요?"

"크헉!"

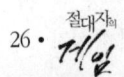

아서베닝의 말에 크리스탄이 몸을 달달 떨었다.

"흐음."

이민준은 잠시 고민을 했다. 드래곤이 한입에 꿀꺽해 준다는데 나쁠 건 없지 않을까? 하는 생각이 잠시 머리를 스치고 지나갔다.

'아니지.'

다시금 고개를 흔든 이민준은 마음을 진정시키며 말했다.

"이자를 제국의 법정에 세울 거야. 제국의 법정에 고발해서 정해진 법에 따라 사형에 처할 수 있도록 내 모든 역량을 다할 생각이고."

"후우!"

아서베닝이 살짝 아쉽다는 듯 숨을 내뱉었다. 그러고는 어쩔 수 없다는 표정으로 말했다.

"인간들에게 법치란 중요한 근간이니까요. 알았어요. 이놈이 황궁에 다다를 때까지는 산 것도, 그렇다고 죽은 것도 아닌 상태로 봉인해 버릴게요."

"저, 저기!"

크리스탄이 뭔가를 말하려고 할 때였다.

"닥쳐!"

후욱-

아서베닝은 일말의 자비도 없는 손짓으로 마법을 시전했다.

그러자,

콰르륵-

젤리 같은 마법이 크리스탄의 전신을 둘러쌌다.

그는 마치 투명한 관에 갇힌 모습이었다.

짜드드득-

크리스탄을 마법 관에 가두는 데는 고작해야 1초도 걸리지 않았다.

언제나 그렇듯 역시 마법은 드래곤이라는 생각이 들었다.

아서베닝이 말했다.

"참! 그리고 이 주변을 다 검사해 봤는데, 제물로 사용하려던 마을 주민들을 빼고는 모두 도망을 간 거 같아요."

이민준은 고개를 끄덕였다.

크리스탄의 잔당들이라면 제국군의 군대가 와서 잡아들일 일이었다.

"알았어. 베닝아, 수고스럽겠지만 네 마법으로 마을 사람들을 밖으로 데려가 줘."

"네. 그렇게 할게요. 그리고 루나한테 연락이 왔는데 이곳에 거의 다다랐다고 하더라고요."

"에리네스랑 앨리스도 함께?"

"맞아요. 크리스탄의 성에서 다 같이 탈출했다고 하더라고요."

"별일은 없는 거고?"

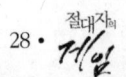

"무슨 말인지는 모르겠지만, 충격으로 아팠던 것만 빼고는 다들 멀쩡하다고 하더라고요."

"잘됐다. 그럼 에리네스에게 부탁해서 상처받은 사람들 치료도 좀 해 주고."

"그렇게 할게요."

아서베닝이 손짓을 하자 공중에 둥둥 뜬 수백의 마을 사람들이 조심스럽게 밖으로 향했다.

물론 그중에는 마법 관에 갇힌 크리스탄도 포함되어 있었다.

밖으로 나가려던 아서베닝이 뒤를 돌아보며 물었다.

"참, 형! 이놈, 그러니까 크리스탄이요."

"어."

"황궁에 도착할 때까지 괴로움에 시달리도록 해 버릴까요?"

그, 그래? 그건 너무 잔인한 거 아닐까?

고개를 갸웃한 이민준은 아서베닝에게 말했다.

"너의 재량에 맡기마."

이민준의 말에 아서베닝이 히죽 웃으며 대답했다.

"으흐흐! 알았어요. 제가 알아서 처리할게요."

어떤 일이 벌어질지는 보지 않아도 충분히 알 수 있는 상황이었다.

하지만 아서베닝에게 모든 권한을 위임한 거니까.

마음을 털어 낸 이민준은 서둘러 아래쪽으로 내려갔다.

거대한 마법진이 그려진 장소였다.

그곳에는 이미 카소돈과 크마시온, 그리고 킹 섀도우 나이트가 기다리고 있었다.

"이곳 동굴에서는 피의 제사가 진행 중이었던 것 같습니다. 그리고 그 때문에 트리움의 기운이 더욱 강하게 작용을 하고 있기도 하고요."

마법진을 향해 양손을 벌리고 있는 카소돈이 진지한 표정으로 말했다.

이젠 더 이상 망설일 필요가 없는 거다.

이민준은 크마시온을 돌아보며 물었다.

"준비는 된 거야?"

"물론입니다, 주인님. 언제든 트리움의 기운을 받아들일 수 있도록 마음의 준비를 하고 있었습니다."

"이후에 어떤 일이 벌어질지도 알고 있는 거고?"

"그렇습니다. 트리움의 기운에 묶여 내면으로 들어가겠지요. 저는 주인님이 주신의 성지에 도착하기 전까지 내면에서 마신 트리움의 기운을 꽉 붙들고 있겠습니다."

크마시온은 의지에 가득한 눈빛을 보내고 있었다. 그 어느 때보다도 믿음이 가는 모습이었다.

'짜식.'

크마시온이 이렇게나 당당한 모습을 보일 때도 있다니!

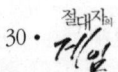

이민준은 진지한 표정으로 크마시온에게 말했다.

"내가 무슨 수를 써서라도 너를 꼭 되찾아 오도록 하마."

"감사합니다, 주인님."

크마시온의 눈이 촉촉하게 젖었다.

이제부터가 중요하다!

빈틈없이 확실하게!

결심을 굳힌 이민준은 카소돈을 바라보며 말했다.

"카소돈 님, 시작해 주세요."

"그렇게 하겠습니다."

후욱- 트르르르-

카소돈이 주문을 외우자 조금 전까지 바닥에 낮게 깔려 있던 트리움의 기운이 서서히 몸집을 부풀렸다.

마법진에 의해 붙들려 있던 마기다.

그런 것들이 카소돈을 통해 확장되더니, 이내 강한 기운을 뿜어내며 천장 가까이 치솟아 올랐다.

그러고는,

퀴이이이이-

쇠를 긁는 듯 불쾌한 소리를 내지른 트리움의 기운이 이내 크마시온을 향해 쏟아져 내렸다.

차르르륵-

카소돈이 소리쳤다.

"노, 놈이! 본성을 드러내기 시작했습니다!"

트리움의 기운이 크마시온의 몸을 욕심내고 있다는 건 이미 알고 있던 사실이니까.

이런 일이 벌어질 거란 것도 물론 알고 있었다.

화으으윽-

주변으로 끈적한 바람이 휘몰아쳤다.

후우욱-

이민준은 주신의 기운을 불러내서는 자신과 카소돈, 그리고 킹 섀도우 나이트를 지탱해 주었다.

후아아악-

그러는 사이에도 트리움의 기운은 계속해서 크마시온의 몸으로 쏠려 들어갔다.

준비하고 있던 순간이기도 했고, 예상을 하고 있던 일이기도 했다.

콰득-

하지만 그럼에도 이민준은 주먹을 쥐고 말았다.

마음이 안정되지 않았다.

그리고 그건 아마도 크마시온을 잃을지도 모른다는 불안감 때문일 것이다.

"크윽! 크마시온 군! 버텨 줘야 합니다!"

(([흐어어! 크마시온! 꼭 이겨 내야 해!]))

걱정되는 건 카소돈과 킹 섀도우 나이트도 마찬가지였는지, 트리움의 기운이 크마시온의 몸으로 빨려 들어가는 와중

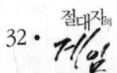

임에도 저마다 한마디씩을 보탰다.

츠아아악-

마법진을 중심으로 강하게 에너지를 뿜어내고 있던 트리움의 마기였다.

차르르륵-

그러던 것이 순식간에 크마시온의 몸으로 빨려 들어가서는 이내 자취를 감추고 말았다. 마치 처음부터 마기 같은 건 없었다는 듯 말이다.

모든 마기가 사라지자 동굴 안이 정화된 것처럼 신선한 공기가 느껴졌다.

그러고는,

스르륵-

정신을 잃은 크마시온의 몸이 천천히 바닥을 향해 무너졌다.

차작-

이민준은 서둘러 크마시온의 몸을 받쳐 주었다.

녀석은 마치 잠이 들기라도 한 것처럼 눈동자를 뒤집고 있었다.

눈꺼풀이 없는 해골이니까.

이런 모습은 어쩔 수 없는 거다.

고개를 흔든 이민준은 크마시온을 확인했다.

모든 트리움의 기운이 크마시온의 몸으로 빨려 들어간 듯

싶었다.

"제대로 된 건가요?"

"후우! 그렇습니다. 다행히도 트리움의 기운이 크마시온 군의 몸속으로 모두 흡수되었습니다."

이민준의 물음에 대답을 한 카소돈이 잠시 주변을 둘러보고는 말을 이었다.

"이제부터가 중요합니다. 서둘러 움직여야 할 것 같군요. 시간이 그렇게 여유로운 건 아닙니다."

"알겠습니다."

이민준은 크마시온을 안은 채로 밖으로 향했다. 그러다 문득 궁금한 것이 생겨 카소돈에게 물었다.

"두 번째 성지가 숨겨진 장소에 도착했다고 해도 바로 성지를 찾을 수 있는 건 아니지 않습니까?"

그러자 카소돈이 미소 지으며 대답했다.

"그건 걱정하실 것 없습니다. 트리움이 크마시온 군을 욕심냈듯, 두 번째 성지가 숨겨진 곳에 도착하면 주신의 성지가 반응할 겁니다."

"그렇군요."

그건 정말 다행인 일이었다.

크마시온이 내면에서 트리움의 기운을 붙들고 있는 것에는 한계가 있었다.

그렇다는 건 시간에 쫓길 수밖에 없다는 소리니까.

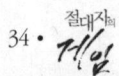

자칫 시간을 지체했다가는 트리움의 기운이 크마시온의 내면을 죽이고, 그 자리를 차지할 수도 있다는 소리였다.

시간을 낭비하지 말아야 할 이유였다.

"한니발!"

"한니발 님!"

"오빠! 크마시온?"

밖으로 나오자 크리스탄 성에 남겨 놓고 왔던 일행들이 놀란 얼굴로 다가왔다.

앨리스, 에리네스, 그리고 루나까지.

다들 정신을 잃은 크마시온을 본 거다.

누구 하나 말을 하지 않아도 지금 상황이 어떤지를 알고 있었다.

이민준은 앨리스에게 물었다.

"마을 사람들은 확인하셨어요?"

"네. 베닝 군과 에리네스 님이 모두 확인했습니다."

"혹시 죽은 사람이 있습니까?"

"안타깝게도 6명의 사람이 생기가 모두 빠진 채로 죽고 말았어요."

피의 제사가 진행되고 있던 과정이었으니 어쩔 수 없는 일이었다.

앨리스가 말을 이었다.

"그래도 나머지 사람들은 모두 살 수 있을 거예요."

그나마 다행인 소식도 있었던 거다.

이민준은 에리네스를 돌아보며 말했다.

"부탁해도 될까요?"

"걱정하지 마세요. 저와 루나가 최선을 다할게요."

이민준은 고개를 끄덕여 주었다. 그러고는 앨리스에게 말했다.

"앨리스, 그대와 에리네스, 그리고 루나가 이곳 뒷정리를 해 줘요."

"그렇잖아도 인근 영지에 연락했어요. 제국군이 이곳으로 오는 중이에요."

"다행이네요. 저는 나머지 일행들과 바로 숨겨진 성지를 찾아가겠습니다."

끄덕-

앨리스는 이민준의 눈빛만으로도 어떤 행동을 취해야 하는지를 아는 사람 같았다.

고마운 일이었다.

단지,

"오, 오빠."

에리네스를 따라 마을 사람들을 돌보러 가던 루나가 걱정스러운 눈빛으로 뒤를 돌아보았다.

저 녀석은 누구보다 크마시온을 걱정하고 있으니까.

이민준은 미소 지으며 말했다.

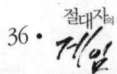

"걱정하지 마, 루나야. 크마시온은 내가 꼭 살려서 데려올게."

"네. 저는 오빠만 믿을게요."

이젠 된 거다.

더 이상 뭘 망설일까?

"베닝!"

"네!"

이민준의 부름에 아서베닝이 빠르게 달려왔다.

"마차를 꺼내. 우린 드아빌 지역으로 간다."

"그럴게요."

지이잉-

고개를 끄덕인 아서베닝이 서둘러 자신의 아공간을 열었다.

우우웅! 털컥-

그러고는 아공간에 넣어 두었던 마차를 꺼냈다.

루나가 만든 멋진 마차였다.

막 마차에 오르려 할 때였다.

덜덜덜덜-

이민준의 품에 안긴 크마시온이 오한이라도 온 것처럼 마구 몸을 떨어 댔다.

"크, 크마시온?"

이민준은 놀란 눈으로 크마시온을 쳐다봤다. 그러자 카소돈이 바짝 다가와서는 기도문을 외웠다.

우웅- 우웅-

카소돈의 손에서 할루스의 기운이 일었다.

잔뜩 집중한 주신의 사제는 기도문을 중얼거리며 크마시온의 전신을 확인했다.

조금의 시간이 지난 후였다. 눈을 뜬 카소돈이 다급한 목소리로 말했다.

"트리움의 기운이 점점 강하게 반항하고 있습니다. 피의 제사로 인해 우리의 예상을 뛰어넘을 만큼 막강해진 것 같습니다."

이민준은 심장이 쿵 하고 뛰는 기분이었다.

트리움의 기운이 강해졌다고?

그렇다면 크마시온은?

"시간은 얼마나 남았습니까?"

"장담하지 못합니다. 하지만 크마시온 군이 오래 버티지 못한다는 건 확신합니다."

고개를 든 이민준은 아서베닝과 눈을 마주쳤다. 그러자 아서베닝이 소리쳤다.

"타세요! 제 모든 마나를 소모해서라도 드아빌을 향해 가장 빠르게 달리겠습니다."

"부탁한다, 베닝아!"

고개를 끄덕인 이민준은 서둘러 마차로 올라섰다.

제2장

안녕! 크마시온!

달그르륵-

끼이익- 치이이이!

심하게 가열된 마차의 외벽에서 하얀 수증기가 올라왔다.

어찌나 빨리 달려왔던지 마차의 쇠로 만들어진 부품은 여전히 벌겋게 달궈져 있기도 했다.

그나마 다행인 건 아서베닝의 마법 덕분에 나무로 된 부분이 시커멓게 변했을 뿐, 불에 타지는 않았다는 거였다.

휙- 터덕-

마부석에 앉아 있던 아서베닝이 몸을 날려 바닥으로 내려섰다.

꽤 긴 시간을 집중해서 운전했다. 그러나 녀석은 피곤한 기색을 보이지 않았다.

찰칵- 턱-

이민준도 마차의 문을 열고는 밖으로 나왔다.

주변은 이미 어두워진 후였다.

이민준은 걱정스러운 눈으로 자신을 바라보고 있는 아서베닝에게 말했다.

"수고했다, 베닝아."

"수고는요, 무슨. 크마시온은 좀 어때요?"

"카소돈 님 덕분에 안정을 되찾긴 했어. 하지만 여전히 시간이 부족한 건 맞아. 서둘러 두 번째 성지로 가야 해."

이민준의 말에 아서베닝이 고개를 끄덕였다.

그 정도는 이미 각오하고 있었던 일이니까.

이민준은 경계선 너머로 보이는 드아빌 지역을 바라보았다.

쿠우우우-

주변을 짙게 누르고 있는 어둠보다 더욱 무겁게 느껴지는 지역이었다.

'마기에 점령을 당한 곳이라고 했지?'

지금까지와는 다른 뭔가 깊은 수압에 영향을 받는 것처럼 묵직한 마기의 기운이 일렁이고 있었다.

이민준은 드아빌 지역을 무서운 눈으로 노려보았다.

'빨리 찾아야 한다.'

숨겨진 두 번째 성지는 저곳 어딘가에 있을 거다.

"후우."

깊은숨을 내뱉었다.

그나마 다행인 건 이곳까지 굉장히 빨리 왔다는 거였다.

적어도 이틀 가까이는 걸려야 할 거리를 아서베닝의 마법과 대단한 운전 실력 덕분에 반나절 만에 달려온 거니까.

물론 여전히 제한 시간은 흐르고 있었다. 그 때문에 이민준은 현실을 다녀오기도 했고 말이다.

'차라리 잘된 거지.'

이동 중에 현실을 갔다 왔으니 망정이지, 만약 크마시온과 관련된 일이 정신없이 진행되는 와중에 제한 시간이 다 되었다면?

생각만으로도 몸서리가 쳐질 일이었다.

터덕-

그렇게 생각하는 사이, 크마시온을 품에 안은 카소돈이 마차에서 내렸다.

현재는 카소돈의 스킬로 크마시온을 안정시키는 중이었다.

((흐어어! 크마시온.))

마차의 그림자에서 벗어나 모습을 드러낸 킹 섀도우 나이트가 걱정된다는 듯 탄식을 내질렀다.

처음엔 서로에게 적개심을 가지고 있었지만, 함께 지낸

시간 덕분에 어느새 형제만큼 가까워진 두 녀석이었다.
 이민준도 안쓰러운 눈으로 크마시온을 쳐다봤다.
 죽은 듯 눈동자를 뒤집고 있는 크마시온의 모습은 보는 사람으로 하여금 안타까운 마음을 자아냈다.
 조심스럽게 고개를 든 카소돈이 말했다.
 "이곳에 오니 주신의 숨겨진 성지가 느껴지는군요. 크마시온 군 덕분입니다. 트리움이 그랬듯 주신의 성지 또한 크마시온 군에게 반응하고 있는 겁니다."
 "다행이군요. 어떻습니까? 숨겨진 성지가 이곳에서 멀리 떨어져 있나요?"
 "그렇지는 않습니다. 하지만 서둘러야 합니다. 트리움의 기운이 또다시 요동을 치려 하고 있습니다."
 "그래야겠군요. 어서 위치를 알려 주세요. 지금부터 쉬지 않고 뚫고 나가겠습니다."
 "저쪽입니다. 직선 방향으로 대략 10여 킬로미터 내외에 있을 겁니다."
 카소돈이 손을 들어 방향을 표시해 주었다.
 뼈다귀뿐인 크마시온의 무게가 가벼웠기에 가능한 행동이었다.
 '10여 킬로미터 내외라고 했지?'
 이민준은 일행들을 돌아보며 말했다.
 "너희도 알다시피 드아빌 지역에는 엄청나게 강한 몬스

터들이 득실거리는 거로 유명하다. 놈들은 우리가 앞으로 나아가지 못하게 계속해서 방해할 거야."

잠시 말을 멈추고는 아서베닝과 킹 섀도우 나이트를 살폈다. 그러고는 말을 이었다.

"하지만 난 머뭇거릴 생각이 없어. 전력을 다할 생각이야. 크마시온 녀석한테 꼭 구해 주겠다고 약속했거든."

"저도 마찬가지예요."

((저 또한 그렇습니다, 주인님.))

"좋아. 그렇다면 시간 끌지 말자."

"당연한 겁니다! 크아!"

쿠루루룽-

말을 끝낸 아서베닝이 고개를 돌리며 덩치를 불렸다.

쿠우웅-

순식간에 건물만 한 드래곤으로 변신을 한 거다.

((흐어어!))

후우욱-

킹 섀도우 나이트도 각성한 힘을 끌어 올리고 있었다.

녀석에게서 느껴지는 에너지가 대단했다.

'내가 기다릴 필요는 없지.'

절대자의 자격을 끌어 올린 이민준은 소리쳤다.

"킹 섀나는 카소돈 님을 보호하면서 뒤를 받쳐! 그리고 아서베닝은!"

《형과 함께 길을 뚫을게요!》

이젠 특별히 말을 하지 않아도 마음이 통하는 동료가 된 거다.

"가자!"

타닥-

이민준은 바닥을 박차며 드아빌 지역을 향해 뛰었다.

쿠에에에-

크아항-

몬스터가 득실거리는 지역이었다.

또한 드아빌 지역에 있는 몬스터들은 다른 지역에 있는 몬스터들보다 더욱 막강하기도 했다.

이민준은 블랙 스노우를 고쳐 잡으며 전방을 노려봤다.

'괜히 저주받은 지역이 아니구나!'

흐르르르-

악마가 지상에 강림했다고 해도 과언이 아닐 만큼 덩치는 물론 생김새까지 끔찍한 놈들이었다.

크아아-

전방에서 몰려오고 있는 놈들은 '헬 혼 나이트'라는 이름을 가진 놈들이었다.

키가 족히 3미터는 넘어 보이는 몬스터들.

피부는 온통 붉은색에, 머리에는 뿔을 달고 있는 놈들이

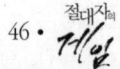

울퉁불퉁한 근육 몸으로 주변을 가득 메우며 달려오고 있었다.

후우웅-

가장 앞쪽에 있는 헬 혼 나이트가 아서베닝의 머리 크기만 한 망치를 휘둘렀다.

타닷-

이민준은 서둘러 몸을 피했다.

그러자,

콰직- 콰스스스-

망치가 바닥을 치며 시뻘건 용암을 뿜어 댔다.

섬뜩할 정도로 무서운 공격이었다.

하지만 뭐 그런 걸로 겁을 먹을 건 아니니까.

"흐아!"

이민준은 바닥을 박차며 헬 혼 나이트를 향해 뛰어들었다.

쿠어-

화들짝 놀란 헬 혼 나이트가 서둘러 망치를 회수하려 할 때였다.

'너랑 놀아 줄 시간 따윈 없다고!'

후아악-

블랙 스노우에 절대자의 자격을 주입하자 일렁이는 검기가 채찍처럼 휘둘러졌다.

그러고는,

스겅-

경쾌한 소리와 함께 헬 혼 나이트의 머리가 잘려 나갔다. 단숨에 놈의 목을 그은 거다.

쉬익- 짜그락-

곡선을 그리며 하늘을 날아오른 헬 혼 나이트의 머리가 순식간에 얼어붙었다.

그러고는,

파앙- 짜그르륵-

공중에서 산산조각이 나고 말았다.

블랙 스노우가 가진 '프리징 앤 브레이크' 스킬이었다.

주춤-

호기롭게 달려오던 몬스터들이었다.

더군다나 발로 밟으면 뭉개질 것 같은 눈앞의 사내가 만만하게 보였을 수도 있을 터였다.

하지만,

콰아아아-

머리가 사라진 헬 혼 나이트의 몸에서 시커먼 피가 분수처럼 터져 나오자, 다른 헬 혼 나이트들이 겁을 먹고 만 것이다.

"내가 그런다고 봐줄 거 같아?"

후우욱-

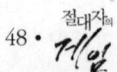

이민준은 절대자의 자격을 더욱 강하게 불러일으켰다.
그러고는,
타다닥-
"흐압!"
망설임 없이 헬 혼 나이트의 무리 속으로 뛰어들었다.

흐르르-
아서베닝이 크게 입을 벌렸다.
그러자,
츠아아아아-
막강한 화염방사기를 한 수십 개 정도 뭉쳐서 발사한 듯 강력한 불줄기가 지상을 휩쓸었다.
퀴이이-
케에에-
마치 이곳저곳에서 불꽃 잔치라도 벌이는 것처럼 온몸에 불을 뒤집어쓴 몬스터들이 미쳐 날뛰고 있었다.
드래곤의 브레스는 단순히 속성 공격만을 하는 게 아니었다. 제대로 된 브레스에 얻어맞으면 저항력은 물론 기본 방어력마저 뚝 떨어지게 되는 거다.
((흐어어!))
그리고 그런 빈틈을 노린 킹 섀도우 나이트가 시커먼 연기로 변해 빠르게 날아와서는,

서걱- 서거걱-

허우적거리는 몬스터들을 해치워 버렸다.

크마시온을 안고 있는 카소돈이 안전하게 이동을 할 수 있도록 길을 뚫고 있는 거였다.

"조금만 참아요, 크마시온 군. 목적지에 거의 도착해 갑니다."

양손으로 크마시온을 안고 있는 카소돈은 최선을 다해 기도문을 외우며, 크마시온의 몸을 차지하려는 트리움의 기운을 잠재우려 노력하고 있었다.

하지만,

덜덜덜덜-

크마시온은 버거움을 느끼고 있는지 계속해서 몸을 떨고 있었다.

"흐아압!"

이민준은 방패인 블랙 스톰을 있는 힘껏 휘둘렀다.

파앙-

그러자 헬 혼 나이트의 머리가 반대로 꺾였다. 단숨에 빈틈이 드러난 거였다.

이민준은 재빠르게 허리를 돌렸다. 블랙 스노우를 들어 놈의 목을 찍으려던 순간이었다.

쿠워어-

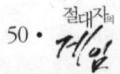

뒤쪽에서 헬 혼 나이트가 갑작스럽게 튀어나왔다.

이민준은 서둘러 블랙 스톰을 당겼다.

하지만 놈과의 거리가 너무 가까웠다.

절대자의 자격으로 주변을 모두 방어하고 있었지만, 모든 부분을 막을 수는 없는 거였다.

쿵-

헬 혼 나이트의 머리가 이민준의 옆구리를 들이받았다.

"흡!"

묵직한 충격이 몸속을 한 바퀴 휘감는 기분이었다.

주변이 빠르게 스쳐 지나갔다. 조금 전의 충격으로 전장에서 멀리 날아가는 중이었다.

"크윽! 플라이!"

이민준은 재빠르게 정신을 차리며 비행 마법을 사용했다. 목적지가 코앞인데 이렇게 방해를 받을 수는 없는 거였다.

"으합!"

쉬이익-

비행 마법을 사용하자 거리가 순식간에 좁혀졌다.

커헝-

조금 전 머리를 사용했던 헬 혼 나이트가 눈을 크게 뜨며 방어 자세를 취하려 했다.

"어딜!"

촤악-

블랙 스노우의 검기를 최대로 늘린 이민준은 빠르게 검을 휘둘렀다.

그러자,

촤자자작-

한곳에 모여 있던 3마리의 헬 혼 나이트의 머리가 동시에 하늘을 날았다.

터덕-

이민준은 검과 방패를 든 채로 바닥에 착지했다.

그와 동시에,

콰과과과과-

3마리의 헬 혼 나이트가 뿜어 대는 피가 분수처럼 주변을 적셨다.

누군가 뜨거운 샤워기를 공중에 마구 뿌리는 것 같았다.

촤악-

고개를 흔들어 핏물을 털어 낸 이민준은 할루스의 기운을 주변으로 퍼트렸다.

악귀보다 더욱 악귀 같아 보이는 모습.

주춤- 주춤-

카르르르-

얼마 남지 않은 헬 혼 나이트들이 제대로 겁을 집어먹고는 뒤로 물러섰다.

그러고는,

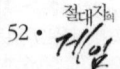

쿠어어어-

미친 듯이 도망을 치기 시작했다.

할루스의 기운에 완전히 질려 버린 것 같았다.

물론 저 녀석들을 물리치지 못해서 이런 방법을 쓴 건 아니었다.

시간만 있다면 충분히 모든 몬스터를 사냥할 수 있었다.

하지만 지금 중요한 건 크마시온이니까.

시간을 낭비해서는 안 되는 거였다.

후욱-

후웅- 쿠궁-

외곽 지역마저 정리한 아서베닝이 크게 날갯짓을 하며 지상으로 내려앉았다.

《반경 1킬로미터 이내에 있는 모든 몬스터를 해치웠어요.》

아서베닝의 얼굴에 지친 기색이 역력했다.

녀석 또한 크마시온을 살리겠다는 일념으로 자신이 가진 모든 역량을 쏟아부은 거리라.

이민준은 서둘러 카소돈의 위치를 확인했다.

((흐어어!))

카소돈을 호위하고 있는 킹 섀도우 나이트의 모습이 멀지 않은 곳에서 나타났다.

탁탁탁-

"헉! 헉! 헉!"

그리고 그 뒤를 이어 카소돈이 힘겨운 표정으로 뛰어오고 있었다.

타닥-

이민준은 서둘러 달려가 카소돈을 부축했다. 그러자 카소돈이 다급한 표정으로 말했다.

"트리움이, 트리움이!"

이민준은 크마시온의 상태부터 확인했다. 녀석은 죽은 것처럼 축 늘어져 있었다.

"뭡니까? 어떻게 된 겁니까?"

"트리움이, 허억! 크마시온을 집어삼킨 것 같습니다."

무슨?

이민준은 동그래진 눈으로 카소돈과 크마시온을 번갈아가며 쳐다봤다. 그러고는 물었다.

"퀘스트에 실패한 겁니까?"

"아니요. 아닙니다. 바로 앞에 주신의 숨겨진 성지가 있습니다. 그곳으로 가면 됩니다. 하지만……."

"하지만요?"

"크마시온을 살릴 수는 없을 것 같습니다."

이민준은 심장이 쿵 하고 내려앉는 기분이었다.

《아, 안 돼!》

((흐어어!))

아서베닝과 킹 새도우 나이트도 안타까운 탄성을 질렀다.

감정을 짓누르고 있는지 얼굴이 시뻘겋게 변한 카소돈이 조심스럽게 말했다.

"더 이상 시간을 끌면 퀘스트마저 망가집니다. 서둘러야 합니다."

꽈득-

이민준은 주먹을 쥐었다.

알 수 없는 감정이 마음속을 휘젓고 있었다.

크마시온을 이렇게 잃어야 한다고?

아니! 절대 그럴 순 없는 거였다.

"제가 안고 가겠습니다."

이민준은 서둘러 크마시온을 건네받았다. 그러고는 주신의 두 번째 성지가 있는 곳으로 다가갔다.

그저 평평한 평지가 있던 곳이었다.

그러던 곳이,

쿠구구궁-

갑자기 흔들리기 시작했다.

숨겨진 주신의 성지가 트리움의 기운을 느낀 거였다.

콰르르릉-

땅이 아래로 쑥 하고 꺼지는 것 같았다.

그러던 것도 잠시,

콰우르르르-

시커멓게 뚫린 공간에서 거대한 구조물이 솟아 나왔다.
화려하진 않지만, 압도적인 모습으로 지어진 성전.
주신의 숨겨진 두 번째 성지였다.
이민준은 품에 안은 크마시온과 성지를 번갈아 쳐다봤다.
그러고는,
'난 절대 너를 포기하지 않는다, 크마시온.'
망설임 없이 건물을 향해 걸어갔다.

성전처럼 만들어진 건물의 입구를 지나치려 할 때였다.
"한니발 님!"
카소돈이 다급한 목소리로 이민준을 불렀다.
이민준은 뒤를 돌아보았다. 그러자 카소돈이 걱정 가득한 얼굴로 말했다.
"한니발 님의 마음, 이해합니다. 하지만 크마시온 군은 너무 깊은 곳으로 들어가 버렸습니다. 만약 한니발 님께서 크마시온 군의 내면으로 접근을 시도하신다면 살아 나오기 힘드실 겁니다."
이민준은 고개를 갸웃하며 물었다.
"제가 크마시온의 내면으로 들어가면 죽게 된다는 말씀인가요?"
"킹 섀도우 나이트 때와는 다릅니다. 그때는 섀나 군이 자아를 가지고 있을 때였으니까요. 하지만 지금의 크마시온

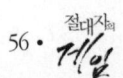

군은 그 자아마저 상실한 상태입니다."

잠시 불안한 눈빛을 빛낸 카소돈이 말을 이었다.

"더군다나 지금은 트리움이 크마시온 군의 내면을 완전히 장악했습니다. 그렇기 때문에 그 안에서는 절대자의 자격조차도 힘을 내지 못할 겁니다."

그래? 그렇다고?

그럼 이대로 크마시온을 포기하라는 말인 건가?

이민준은 시선을 돌려 일행들을 둘러보았다.

아서베닝은 반쯤 넋이 나간 표정이었고, 킹 섀도우 나이트는 어깨를 축 늘어트리고 있었다.

다들 크마시온을 잃었다는 슬픔에 잠긴 것이다.

왜 아닐까?

후욱- 후욱-

오른손이 서서히 달아오르기 시작했다. 하지만 이건 평상시처럼 주신이 신호를 주는 게 아니었다.

이민준은 충분히 느낄 수 있었다.

이건 분명 자신의 소환수인 크마시온이 사라지고 있다는 신호인 것을.

꽈득-

이민준은 강하게 주먹을 쥐었다.

크마시온.

난 절대 너를 이런 식으로 놓아줄 수 없다.

착- 타닥-

이민준은 바로 등을 돌려 주신의 신전 안으로 뛰어 들어갔다.

"하, 한니발 님!"

카소돈의 절규 같은 목소리가 뒤에서 들려왔지만, 전혀 신경이 쓰이지 않았다.

타다닥-

건물 안은 넓은 공동이었다.

아무런 구조물도 없는 그런 텅 빈 신전.

이민준은 시선을 돌려 할루스의 기운이 느껴지는 곳을 찾았다.

신전의 중간이었다.

할루스의 기운은 넓은 공간의 한중간에서 마치 꺼져 가는 촛불처럼 작게 일렁이고 있었다.

터걱- 터걱-

이민준은 서둘러 불꽃으로 다가갔다.

그러자,

화르륵-

새끼손가락만 하던 불씨가 몸집을 불리더니, 이내 어린아이 몸통만 하게 커졌다.

트리움의 기운을 느끼고는 크게 반응을 하는 거였다.

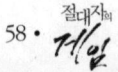

띵-

[상처 : 두 번째 퀘스트 지역에 도착하셨습니다. 크마시온을 할루스의 불꽃에 던지면 두 번째 성지가 활성화됩니다.]

이민준은 고개를 흔들었다.

'결국 크마시온을 달라는 거구나.'

퀘스트가 목적하는 것처럼 크마시온을 저 불덩이 속에 집어넣으면 주신의 성지가 활성화될 것이다.

그렇다는 건 두 번째 퀘스트를 간단히 끝낼 수 있다는 뜻이고 말이다.

하지만 이민준은 그럴 마음이 조금도 없었다.

터걱- 터걱-

불꽃이 닿지 않는 곳으로 물러선 이민준은 조심스럽게 크마시온을 바닥에 내려놓았다.

화르륵-

그러자 할루스의 불꽃이 이해할 수 없다는 듯 일렁였다.

이민준은 할루스의 불꽃을 보며 소리쳤다.

"당신이 목적했던 게 어떤 건지는 알겠지만, 난 내 사람을 쉽게 포기하지 않아. 상황이 거지같이 바뀌긴 했지만, 난 크마시온을 구하러 가겠어."

화르르륵-

그러자 불꽃이 그러지 말라는 것처럼 마구 몸을 떨었다.

후욱- 후욱-

덩달아 주신의 상처도 달아올랐다.

이 녀석마저 이민준의 뜻을 반대하는 것처럼 난리를 치고 있는 거였다.

그래. 지금까지는 주신이 보내는 신호에 잘도 따라 주었지.

하지만 지금은?

당신이 아무리 주신이고, 나에게 힘을 준 존재라고 하더라도 모든 걸 당신의 뜻대로 하지는 않을 거다.

'크마시온, 내가 간다. 기다려라.'

결심한 이민준은 크마시온의 곁에 앉아 정신을 집중하려 했다.

그때였다.

쉬이익- 타다닥-

신전 안으로 킹 섀도우 나이트와 아서베닝이 뛰어 들어왔다.

((흐어어! 주인님!))

"형!"

가까이 다가온 두 녀석이 이민준의 옆에 자리를 잡았다.

말을 하지 않아도 녀석들의 마음을 알 수 있었다.

끝까지 이민준과 함께하겠다는 것.

이민준은 든든함을 느꼈다.

그런데 이게 끝이 아니었다.

타다닥-

주신의 사제인 카소돈마저 결심을 굳힌 사람처럼 어금니를 꽉 깨문 채 다가왔다.

그러고는,

"누가 뭐라고 해도 저는 한니발 님을 믿습니다."

모두가 하나로 똘똘 뭉친 기분.

이건 정말 나쁘지가 않았다.

눈시울이 붉어지려는 걸 어금니를 꽉 깨물어 참았다.

아직은 해야 할 일이 있으니까.

이민준은 일행들과 눈을 마주쳤다. 일일이 눈을 마주쳐 고마움의 뜻을 전달한 거다.

그러고는,

후우욱-

망설임 없이 스킬을 사용해서는 크마시온의 내면으로 진입했다.

후우우- 후우욱-

"크흐윽!"

이민준은 끔찍한 고통을 느꼈다.

모든 것을 얼려 버릴 것만 같은 차가운 바람이 마구 맨살을 긁어 대고 있었기 때문이다.

처음부터 고통에 대해 예상은 하고 들어온 거다.

"아윽!"

하지만 이건 정말 참기 힘들 만큼 섬뜩한 느낌이었다.

으득-

이민준은 어금니를 꽉 깨물었다.

그래. 어금니를 깨물 수 있다는 건 이 안에서도 내 실체가 존재한다는 거겠지?

그렇게 생각하니 시야가 열렸다.

후욱-

크마시온의 내면은 컴컴할 줄 알았다.

마신 트리움에게 점령을 당했다고 했으니까.

검은 마기에 대한 선입견이 작용한 것이다.

하지만 우습게도 이곳은 시커먼 세상이 아닌 온통 하얀 눈으로 뒤덮인 세상이었다.

쉬이잉-

칼날 같은 눈보라가 끊임없이 불고 있었다.

이민준은 자신의 몸을 확인했다. 누더기 같은 얇은 옷을 입고 있었다. 그리고 다리는 무릎까지 눈에 파묻혀 있기도 했고 말이다.

주변을 둘러보았다.

쉬이잉-

강력한 눈보라 때문인지 고작해야 50미터 밖도 제대로 보이지 않았다.

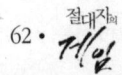

"후우."

입김이 입에서 나오자마자 얼어붙어 버렸다.

온몸이 덜덜 떨려 왔다.

끔찍하게 추웠다. 손은 동상에 걸렸는지 벌겋게 변해서는 굽혀지지가 않았다.

절대자의 자격은?

이민준은 자신의 몸에 남아 있는 기운을 찾아보았다.

'이런!'

마치 텅 빈 욕조처럼 느껴지는 것이 아무것도 없었다.

역시 카소돈의 말이 맞았다.

트리움에게 내면을 내어 준 크마시온의 세상에서는 주신의 기운이나 미친 일곱 왕의 기운조차 사용할 수 없는 거였다.

그래서? 내가 겁이라도 낼 거 같아?

"크마시온! 크마시온!"

이민준은 있는 힘껏 소리를 질렀다.

조금이라도 녀석을 자극해서 사라지려는 크마시온의 자아를 붙들고 싶었기 때문이다.

하지만,

휘이잉- 짜가라라락-

끔찍한 얼음 폭풍이 불어닥치는가 싶더니, 이내 온몸이 얼어붙고 말았다.

"크흑!"

마치 수백만 개의 바늘이 머리에서부터 발끝까지 계속해서 찌르는 기분이었다.

"카아악!"

온 신경이 뽑혀 나가는 것 같은 고통이었다. 어찌나 아프던지 눈앞이 번쩍이는 것 같았다.

죽고 싶을 만큼 아픈 통증이 온몸을 훑고 지나간 후였다.

"허억! 허억!"

이민준은 지금까지 이렇게나 힘들고 아픈 적이 있었나 싶을 정도로 지치고 말았다.

몸이 바닥으로 녹아드는 기분이었다.

그때였다.

고통! 절망! 슬픔!

육체적인 고통으로 나약함이 올라오려 하자 거짓말처럼 트리움의 속삭임이 들려왔다.

(쓸데없이 아플 필요가 어디 있어?)

(포기하면 모든 것이 편하다고!)

짜그르륵-

이민준을 뒤덮고 있는 얇은 얼음 조각들이 마구 신경을 자극했다.

"크흑!"

예전에도 많이 느껴 보았던 유혹이었다.

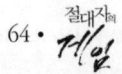

포기하면 편하니까 그만하라는 속삭임.

그럴 때마다 가족들을 생각하며 버텨 내곤 했었다.

"끄아악!"

하지만 이번엔 달랐다.

예전과는 비교도 할 수 없을 만큼 강력한 고통은 오히려 죽음이 달콤하게 느껴지게 할 지경이었다.

(어때? 그만두고 싶지?)

마음이 약해지자 트리움의 기운이 가까이 다가와 속삭였다.

(그만두는 게 어때? 편하게 포기하라고. 네놈의 몸뚱이는 내가 거둬 줄 테니 말이야.)

새하얀 형상이었다.

마신 주제에 하얀색이라니!

"크윽!"

이민준은 몸을 부르르 떨었다.

그게 뭐가 중요할까?

지금 당장은 저놈이 자신을 노리고 있다는 것에 집중해야 했다.

트리움은 마치 거대한 뱀의 대가리와 같은 형상을 하고 있었다.

(흐흐흐! 이렇게 알아서 기어 들어와 주니 고맙기 그지없 군그래. 흐흐흐!)

놈이 혀를 날름거렸다.

탐욕에 특화된 마신답게 이놈은 크마시온을 넘어 이민준의 몸마저 욕심을 내고 있었다.

"크으윽!"

이민준은 바닥에 깔린 힘까지 끌어모으며 대답했다.

"나를 가지고, 크윽! 싶은가? 트리움."

(땅바닥에 버려진 금은보화는 주운 사람이 임자 아니야?)

"커흑! 아직은 내가, 흐윽! 포기하지 않았는데?"

(네가 얼마나 버티겠어? 응? 앞으로는 더 끔찍할 거야. 그러니 그만 포기해.)

후그극-

트리움이 자신의 기운을 더욱 부풀렸다.

그러자,

"끄아악!"

고통이 더욱 가중되었다.

"하악! 하악!"

정말 포기하고 싶었다.

모든 걸 그만두고 쉬고 싶은 마음이 마구 대가리를 밀고 있었다.

'지금은 안 돼!'

끊어지려는 아슬아슬한 끈을 조심스럽게 잡은 이민준은

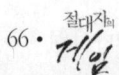

정신을 잃지 않기 위해 노력하며 말했다.

"크마, 크마시온을, 흐윽! 크마시온을 마지막으로, 커헉! 보고 싶은데?"

(하하하! 정말 우스운 놈이군. 보면 어쩔 건데? 네가 놈을 각성이라도 시킬 수 있을 거 같아?)

"아니, 흐으! 아니야. 그저, 크윽! 보고 싶을 뿐이야."

(크크크! 네놈이 어떤 생각을 하는지 알아. 놈의 감정을 자극하려는 거겠지. 좋아. 불러 주지. 하지만 명심해라. 그게 널 더욱 나락으로 끌고 들어갈 테니까.)

화으윽-

강력한 마기가 주변을 한 번 훑고 지나간 후였다.

자가락-

멀지 않은 곳에서 크마시온이 모습을 드러냈다.

준수하게 생긴 외모를 가진 사내.

'뼈다귀 마법사가 되기 전에 크마시온이구나.'

정말 공부 잘하게 생긴 사내는 붉은색 로브를 입고 있었다.

"크마시온!"

이민준의 부름에 크마시온이 무표정한 얼굴로 그를 쳐다봤다.

녀석과 눈을 마주쳤다. 그러자 누군가 가슴을 후벼 파는 것처럼 아팠다.

이민준은 알고 있었다.

지금 크마시온의 모든 것은 트리움에 의해 지배당하고 있었다. 그렇기에 트리움을 굴복시키지 않는 한, 여기서 크마시온을 자극해 봐야 이민준과 크마시온만 괴롭다는 걸.

하지만 그렇다고 해도 이런 식으로 끝내고 싶지는 않았다.

이민준은 억지로 힘을 끌어모아 소리쳤다.

"크마시온! 큭! 네가, 네가 소중히 여기는 게 별로 없다는 건 잘 알아! 하지만, 허억! 하지만 말이야! 나나 루나, 크윽! 그리고 아서베닝과 킹 섀나를 기억해 줘!"

"아아."

이민준의 말에 크마시온이 반응을 보였다.

녀석의 깊은 내면 안에 숨겨진 감정들.

(푸하하! 정말 재밌군그래. 그게 고통이라는 걸 알면서 자학을 하는 건가? 그래. 더 해 봐. 어차피 그럴수록 저놈의 명이 더 빨리 끊길 거고, 네놈 또한 더 빨리 포기하게 될 테니까.)

트리움은 알아서 함정으로 빠지는 이민준을 보며 신 나하고 있었다.

그러거나 말거나!

이민준은 멈추지 않고 소리쳤다.

"루나는, 끄윽! 루나는 나에게 말했어. 허억! 네가 돌아오면, 흐윽! 함께 타고 싶은, 끅! 장난감이 있다고."
"루, 루나 님이 나랑?"
루나라는 말에 크마시온이 크게 동요를 했다.
"아아, 루나 님은 나를 아껴 줬었지."
크마시온의 눈이 심하게 떨렸다.
무엇도 소중하게 생각지 않고 살아왔던 녀석이다.
그런데 그런 녀석에게 일행들의 이야기를 하니 크게 반응을 하고 있었다.
'그래! 역시 너는 우리 일행들을 가장 소중하게 생각하고 있었구나!'
이민준은 고개를 끄덕였다.
역시 크마시온의 감정이 크게 반응할 수 있는 부분은 바로 이민준과 그의 일행들이었던 거다.
"아아! 주인님!"
감정이 받쳐 오르자 잊어 가던 기억을 찾은 듯 크마시온이 소리쳤다.
그러고는,
"끄아악!"
고통에 휩싸인 사람처럼 몸부림을 쳤다.
알고 있었다.
트리움이 말을 했으니까.
이미 트리움에게 내면을 장악당한 크마시온이다. 그렇기

에 과거의 기억은 녀석을 더욱 아프게 할 뿐이었다.

"크으윽!"

또한 이런 감정은 이민준마저 고통에 잠기게 했다.

(크하하! 좋아! 좋아! 알아서 힘을 빼 주니 이렇게 편할 수가 없구나! 이 멍청한 놈아!)

신이 난 트리움이 마구 소리쳤다.

"허억! 허억!"

이민준은 서서히 멎어 가는 숨을 힘겹게 빨아들였다.

"끄으윽! 제가! 제가 모든 걸 망쳤어요!"

과거의 기억에 휩싸인 크마시온은 고통에 울부짖고 있기도 했다.

이민준은 그런 크마시온을 바라보며 말했다.

"안녕! 크마시온! 다시 돌아왔구나."

그래. 그 때문에 크마시온을 더욱 괴롭게 만들었다는 걸 알고 있었다.

그리고 이렇게 끝날 수도 있다는 것 또한 알고 있었다.

하지만 정말 그렇게 생각한다면 서운하지!

"크흐윽!"

이민준은 흐릿해져 가는 시선으로 마신 트리움의 기운을 노려봤다.

제3장

슈퍼

 (그렇게 눈에 힘을 준다고 뭐가 달라지기라도 할 거 같으냐? 한니발?)
 쩌드드득-
 "크아아악!"
 트리움이 기운을 부풀리자 지금까지와는 다른 엄청난 고통이 밀려왔다.
 "커흐윽!"
 이민준은 마치 온몸의 작은 부분마저 남김없이 분쇄기에 갈리는 기분이었다.
 한 번이라면 별것 아닌 고통이었을지도 몰랐다.
 하지만 분쇄기에 갈리며 가장 아픈 순간이 계속해서 이어진다면 이건 사람을 미치게 하는 거다.

죽고 싶을 만큼 고통스러웠다.

"허으윽!"

하지만 이민준은 끝까지 참아 내며 어떻게든 정신을 잃지 않기 위해 노력했다.

"으아아악!"

또한 그런 와중에도 크마시온의 비명을 놓치지 않았다.

녀석도 이민준과 마찬가지로 끔찍한 고통에 빠진 것 같았다.

(크크크! 내가 말했지? 굳이 저놈의 자아를 각성시키지 않았다면 이렇게 아플 일도 없었을 텐데 말이야? 그래도 네놈 덕분에 저놈이나 너를 쉽게 흡수할 수 있게 됐어! 크크크!)

화그그극-

트리움의 탐욕이 더욱 짙어지고 있었다.

(으흐흐흐흐!)

놈은 크마시온은 물론 주신의 힘을 가진 이민준마저 흡수할 수 있다는 사실에 매우 흥분한 것 같았다.

"흐윽! 흐윽!"

이민준은 정신이 아득해져 가는 상황에서도 그걸 분명하게 느낄 수 있었다.

(이젠 끝이다!)

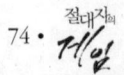

콰우우우-

트리움이 드디어 자신의 가장 깊은 곳을 드러냈다. 그러자 하얗던 세상이 온통 어둠으로 물들기 시작했다.

'그, 그래. 흐윽! 네놈은 이걸 기다리고 있었구나!'

이민준과 크마시온을 흡수하기 위해선 어쩔 수 없이 트리움 또한 자신의 깊은 곳을 드러내야 했다.

하지만 깊은 곳은 놈의 약점이기도 하니까.

그렇기에 트리움은 이민준이 최종적으로 힘을 뺄 때까지를 기다리고 있었던 거다.

피식-

몸이 고통스러운 와중에도 이민준은 그만 웃고 말았다.

멈칫-

그러자 트리움이 주춤하며 물었다.

(뭐지? 그 웃음의 의미가? 아직도 숨겨 놓은 게 있다는 거냐?)

"허억! 허억! 보면 몰라? 크흐윽! 네놈이 크마시온을 불러 준 덕분에, 끄으윽! 저 녀석이 가, 크윽! 각성했잖아."

(미친놈! 본체 없는 각성은 의미가 없어! 저놈의 본체는 내가 차지하고 있으니까. 그러니 착각하지 마라! 이젠 끝을 낼 테니까!)

화아아악-

트리움의 시커먼 마기가 더욱 맹위를 떨쳤다. 하지만 이민준은 여전히 미소를 지으며 말했다.

"네놈이, 후우! 이 순간을 기다린 것처럼, 크흐윽! 나 또한 기다리고 있었다."

(그게 무슨?)

트리움의 불안감이 느껴질 때였다.

"크악!"

이민준은 몸의 가장 깊은 곳에 숨기고 있던 마기를 끌어 올렸다.

(이, 이건? 서, 설마? 마기?)

온 세상을 뒤덮고 있던 트리움의 기운이 심하게 떨렸다.

"그래! 마기다!"

놈에게 점령당한 세계였기에 할루스의 기운이나 미친 일곱 왕의 기운을 불러내는 건 불가능한 일이었다.

하지만 마기라면 다르다.

그것도 다른 악마가 아닌 마계의 상급 악마 멜탄스의 기운이었다.

(도, 돌은 거야? 네놈은 주신의 개다. 그런 네가 어떻게 마기를?)

"이것도 내 능력 중 하나다! 크아!"

이민준은 멜탄스의 기운을 끌어내서는 그 기세를 불렸다.

절대자의 자격과 미친 일곱 왕의 기운을 통해서 하나의 에너지로 변환된 힘이었다.

화르르륵-

물론 그렇다고 해도 멜탄스의 기운은 마기였다.

쫘드득-

그 때문인지 강력한 사념이 이민준을 차지하기 위해 덤벼들었지만,

쫘득-

이민준은 강하게 주먹을 쥐며 멜탄스의 기운이 자신을 집어삼키지 못하게 막았다.

그러고는,

"치부를 드러내 줘서 고맙다! 트리움!"

콰지지직-

손을 내뻗자 멜탄스의 강력한 마기가 발사되었다.

(마, 말도 안 돼에에에!)

트리움은 심하게 몸을 떨며 자신의 기운을 추스르려 하고 있었다.

"소용없다!"

콰르르륵-

하지만 이민준의 손에서 뻗어 나가는 멜탄스의 기운이 한 걸음 더 빨랐다.

쫘드드등-

어둠처럼 시커먼 기운이 또 다른 암흑을 강타하고 있는 거였다.

(끄아아아악!)

트리움의 절규가 온 세상에 울려 퍼졌다.

"크흐윽!"

이민준은 기운이 빠진 상태에서도 정신을 놓지 않고는 크마시온에게 소리쳤다.

"크마시온! 정신 차려! 현실로 돌아가야 해! 그러기 위해선 네가 네 몸을 차지해야 한다고!"

기회라면 지금이었다.

트리움의 기운이 움츠러들면서 크마시온의 내면이 조금씩 모습을 드러내고 있었기 때문이다.

그러나,

"흐으, 흐으으! 주인님, 저는, 너무, 흐으! 힘이 듭니다."

크마시온은 양손으로 바닥을 짚은 채로 흐느적거리고 있었다. 끔찍한 고통으로 인해 모든 의지를 상실한 것처럼 보였다.

"크윽!"

이민준은 최대한의 힘을 끌어모았다. 그러고는 소리쳤다.

"돌아가자! 크마시온! 트리움의 기운이 약해지는 건 지금뿐이라고!"

콰르르륵-

이민준의 말처럼 움츠러들었던 트리움의 기운이 서서히 회복되기 시작했다.

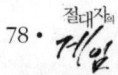

아무리 멜탄스의 마기라고 해도 마신인 트리움을 완전히 이길 수는 없는 거였다.

이민준은 마음이 급할 수밖에 없었다.

그러나,

"크흐윽! 두, 두렵습니다."

이미 고통에 잠식당한 크마시온은 모든 걸 포기하려는 것처럼 보였다.

'이렇게는 안 되지!'

결심한 이민준은 트리움을 향하던 마기를 돌렸다.

크마시온을 향해서였다.

(뭐, 뭐 하는 거지?)

그런 이민준의 모습에 화들짝 놀란 트리움이 소리쳤다.

'네가 알 바 아니라고!'

화으윽-

이민준은 망설임 없이 멜탄스의 마기를 크마시온에게 보냈다.

공격하기 위해서가 아니었다. 마기가 가지고 있는 사념을 활용하기 위한 거다.

누군가의 생각을 상대의 머리에 각인시키는 마기!

츠아악-

"허억!"

마기가 온몸을 감싸자 크마시온의 눈이 시커멓게 변했다.

시간이 별로 없었다.

이민준은 빠르게 자신이 가지고 있던 크마시온에 대한 회상과 루나, 킹 새나, 그리고 아서베닝과 함께 웃고 즐거워했던 장면을 크마시온의 머리에 주입했다.

그러자,

"크아!"

콰릉-

순간 거대한 천둥이 울렸다.

후드드드-

천둥이 어찌나 강했던지 그 진동에 트리움의 기운이 살짝 움츠러들기도 했다.

콰드드득-

하지만 이내 정신을 차린 트리움의 기운이 다시금 크마시온의 내면을 차지하려고 했다.

까등- 까등-

그러나 놀랍게도 트리움의 기운이 물가에 다다른 불길처럼 어느 선에 다다라서는 더 이상 뻗지를 못하고 있었다.

(대, 대체? 무슨 짓을 한 거냐? 한니발!)

놈이 절규에 가까운 소리를 내질렀다.

"크윽!"

이민준은 무너지려는 몸을 간신히 지탱한 채로 말했다.

"네놈이, 허억! 말했잖아? 실체 없는 각성은, 크윽! 의미가 없다고. 후우! 그래서 크마시온이 실체를 찾을 수 있게, 허어! 도와준 거지."

후드드등-

이민준이 말한 것처럼 서서히 주변으로부터 마나의 기운이 감돌기 시작했다.

마기를 이겨 내는 마나!

(이, 이이! 한니발! 이 사기꾼 같은 놈!)

사기꾼? 우습지도 않은 소리를!

이 상황까지 몰아붙인 건 다름 아닌 너라고.

털컥-

결국 다리에 힘이 빠진 이민준은 그 자리에 주저앉고 말았다.

후그르륵-

하늘이 푸른빛으로 뒤덮이고 있었으니까.

(크아아악! 안 돼! 이렇게는 싫어! 으아아악!)

또한 트리움의 절규가 자장가처럼 귓속을 파고들기도 했으니까.

해야 할 일을 완벽하게 해치운 거다.

'돌아왔구나, 크마시온.'

이민준은 안도감을 느꼈다.

그리고 그 때문이었는지 무거운 잠이 자꾸만 밀려오기도 했다.

"주인님! 주인니임!"

크마시온의 목소리가 메아리처럼 울려 퍼졌다.

화으윽-

따스한 빛이 쏟아지는 기분이 들었다.

그러고는,

번쩍-

눈을 뜨자,

"형! 정신이 들어요?"

"한니발 님! 괜찮으신 겁니까?"

((흐어어! 주인님!))

 일행들이 걱정스러운 눈으로 이민준을 내려다보고 있었다.

"도, 돌아왔어!"

 정신이 든 이민준은 상체를 일으켰다. 그러자 아서베닝이 손에 담긴 따스한 빛을 거두면서 물었다.

"형! 정말 괜찮은 거죠?"

 자신이 쓰러진 사이, 기운을 북돋아 주기 위해 마법을 사용했던 모양이었다.

"그래. 괜찮아. 크마시온은?"

 이민준의 물음에 아서베닝이 대답 대신 손짓을 했다.

"음?"

이민준은 놀란 눈으로 아서베닝이 가리킨 곳을 바라보았다.

'뭐야?'

그건 마치 회색으로 된 알과도 같았다.

대략 성인 키에 달하는 거대한 알.

이민준은 고개를 갸웃하며 물었다.

"이게 크마시온이라고?"

"맞습니다, 한니발 님. 조금 전 커다란 기운이 주변을 휘감는가 싶더니, 이내 크마시온 군의 몸에서 회반죽 같은 게 마구 튀어나오더군요."

"그러고는 이 알로 변했다는 말씀이시죠?"

"그렇습니다."

자각-

이민준은 자리에서 일어났다.

스슥-

그러고는 알로 다가가 손을 가져다 대었다.

슈욱- 슈욱-

알은 마치 숨을 쉬는 것처럼 조금씩, 조금씩 움직이고 있었다.

'제대로 된 건가?'

이민준은 자신의 몸부터 확인했다.

후욱- 후욱-

오른손에 있는 주신의 상처가 존재를 알리기라도 하겠다는 듯 반응하고 있었다.

몸속도 확인했다. 절대자의 자격과 미친 일곱 왕의 기운이 힘차게 뛰고 있는 심장의 박동만큼이나 강하게 느껴졌다.

'나는 정상으로 돌아온 거야.'

그렇다면 크마시온도 마찬가지가 아닐까?

이민준은 다시금 회색의 알로 손을 가져다 대었다. 최대한 녀석의 기운을 느껴 보려는 거였다.

슈욱- 슈욱-

그러자 손바닥을 통해 미세한 기운이 느껴졌다.

과연 트리움의 기운을 모두 흡수한 걸까?

그렇게 생각하며 안쪽에서 느껴지는 기운에 집중했다. 그러자 크마시온의 마나가 강하게 느껴졌다.

짜식!

그렇다는 건 크마시온이 트리움의 기운을 이겨 내고는 온전하게 자신의 힘을 찾았다는 뜻이리라.

다행이었다.

'설마?'

그러다 문득 또 다른 생각이 뇌리를 스쳤다.

이민준은 순간 심장이 크게 뛰고 있음을 느꼈다.

크마시온의 내면에서 녀석이 사람이었을 당시의 모습을

본 기억이 났기 때문이었다.

그렇다면?

이민준은 기대감에 찬 눈으로 회백색의 알을 바라보았다.

크마시온이 이 알을 깨고 나오면 어쩌면 사람의 모습으로 걸어 나올지도 모를 일이었다.

그때였다.

"형! 내면에서 있었던 일은 잘 처리된 거예요? 크마시온에게 별일 없는 거죠?"

크게 걱정되었던지 아서베닝이 입술을 잘근 씹으며 물었다.

((흐어어!))

킹 섀도우 나이트도 같은 마음이었던지, 녀석 또한 가만히 있지를 못하고는 움찔거리고 있었다.

"그게, 사실은 말이야……."

이민준은 크마시온의 내면에서 있었던 일을 일행들에게 이야기해 주었다.

그러자,

"세상에! 그렇다면 크마시온 군이 인간의 형상으로 다시 태어날 수도 있다는 말씀이시군요."

"정확한 건 아니지만, 제 느낌이 그렇습니다."

"와! 대단해요! 만약 형 말이 맞는다면 이건 엄청난 사건이에요."

((맞습니다, 주인님.))

모두가 이민준과 같은 기대에 휩싸여 있을 때였다.

드드드- 드드드-

회색 알이 갑자기 몸을 떨기 시작했다.

"오오! 한니발 님, 부화가 시작되려나 봅니다!"

"그래요, 형! 트리움의 기운을 완전히 소화한 크마시온이 새롭게 태어나려는가 봐요!"

카소돈과 아서베닝이 막 태어나는 아기를 기대하는 부모처럼 긴장된 표정을 지었다.

왜 아닐까?

항상 뼈다귀의 모습으로 안쓰럽게 지내 왔던 크마시온이다.

그런 녀석이 살아생전의 모습을 되찾는다는 건 굉장한 일이 아닐 수 없었다.

물론 그렇다고 해서 일행들이 외모에 대한 선입견을 품고 있는 건 아니었다.

단지 일행 모두 영생을 꿈꾸며 본래의 모습으로 돌아가길 바랐던 크마시온의 마음을 잘 알고 있기에 그런 거였다.

드드드- 드드드-

심하게 흔들리던 알이,

콰드득-

뭔가 부서지는 소리를 내더니,

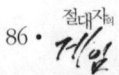

터덕-

이내 진동을 멈추었다.

꿀꺽!

카소돈이 긴장했던지 큰 소리로 침을 삼켰다.

"후우."

이민준도 조심스럽게 숨을 내뱉으며 크마시온이 알을 깨고 나오길 기다렸다.

그때였다.

콰지직-

회색 알의 꼭대기에서부터 금이 가기 시작했다.

"오오!"

((흐어어!))

아서베닝과 킹 섀도우 나이트가 탄성을 내질렀다.

쿠스스스-

회백색의 알이 위에서부터 깨지기 시작했다.

꽈득- 꽈득-

굉장히 두껍게 주변을 둘러싸고 있었던지,

쿠웅-

알껍데기가 마치 시멘트 덩어리처럼 무겁게 떨어져 내렸다.

콰드득-

알의 겉면이 모두 깨진 후였다.

후그극-
알의 안쪽에서 밝은 빛이 터져 나왔다.
그러고는,
저걱-
크마시온이 걸어 나왔다.
이민준은 놀란 눈으로 크마시온을 쳐다봤다.
"크마시온?"
"으핫! 주인님! 안전하게 돌아오셨군요?"
"그래. 그런데 넌?"
달그락- 달그락-
이민준의 물음에 크마시온이 턱을 떨었다.
"세상에! 그대로잖아?"
크마시온의 모습에 넋을 놓고 있던 아서베닝이 서둘러 정신을 차리며 한 말이었다.

((흐어어! 크마시온!))

킹 섀도우 나이트도 놀랐는지 그만 발을 헛디디며 주춤했다.
그럴 만큼 놀랐다는 말일 거다.
누군들 그러지 않았을까?
고개를 흔든 이민준은 다시금 크마시온을 살폈다.
녀석은 여전히 뼈다귀 인간이었다.
변함없는 두개골에 앙상한 뼈밖에 없는 양손과 양발.

물론 달라진 점도 있었다.

크마시온은 예전처럼 허름한 로브를 입고 있는 것이 아니라, 내면에서 봤던 붉은색 로브를 입고 있었다.

또한 녀석의 두개골은 단순히 하얀색이 아닌, 마치 페인트칠을 한 것처럼 얼굴 부분 여기저기에 검은색 줄이 생겨 있기도 했다.

멋진 스포츠카를 장식한 것과 같다고 해야 할까?

어찌 보면 전투에 나서는 인디언 부족과도 같은 느낌이 들기도 했다.

'뭐야? 그러고 보니 뭔가 확연히 달라진 느낌인걸?'

그렇게 생각을 할 때였다.

띵-

[상처 : 마신 트리움의 기운을 흡수한 크마시온이 리치에서 슈퍼 리치로 전직하셨습니다.]

'슈, 슈퍼 리치?'

이민준은 놀란 눈으로 크마시온의 전신을 훑었다.

그게 끝이 아니었다.

띵-

[상처 : 슈퍼 리치로 전직하면서 크게 각성을 한 크마시온의 레벨이 198이 되었습니다.]

198? 무려 198레벨?

"허어!"

이민준은 다시 한 번 놀랄 수밖에 없었다.

오늘 일이 있기 전까지만 해도 크마시온의 레벨은 175였다. 그런데 트리움의 기운을 흡수하고는 무려 198의 레벨이 된 것이다.

'단숨에 23레벨을 올렸어!'

이건 보통 일이 아니었다.

이민준은 크게 숨을 들이쉬며 물었다.

"크마시온! 너 정말 198레벨이 된 거야?"

"크흡! 그렇습니다, 주인님! 주인님 덕분에 제가 지존에 가까운 레벨이 되었습니다."

"뭐어? 네가 198레벨이 되었다고?"

((흐어어! 크마시온!))

"대단하군요, 크마시온 군."

일행들 모두가 당혹스러워하던 조금 전과는 달리 놀람과 기쁨, 그리고 경이로워하는 표정을 지었다.

왜 아니겠는가?

절대자의 게임 내에서 200에 가까운 레벨은 말 그대로 모두가 원하는 최고의 레벨이었다.

그런데 크마시온이 그런 지존 레벨을 코앞에 두고 있다니!

어찌 기쁘지 않겠는가?

"우와! 이 자식! 죽는 줄 알았더니 살아 돌아와서는 드래

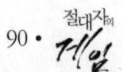

곤을 이렇게 놀라게 하냐?"

((대단하다! 크마시온!))

아서베닝과 킹 섀도우 나이트가 진심으로 축하해 주었다.

궁금한 점도 있었다. 이민준은 망설임 없이 물었다.

"근데 대체 어떻게 된 거야? 난 네가 내면에서 인간의 모습으로 나타나기에, 알에서 새로 태어나면 본래의 네 모습으로 돌아가는 건 줄 알았는데."

"아… 그게 사실……."

잠시 망설인 크마시온이 내면에서 있었던 일을 일행들에게 이야기해 주었다.

"뭐? 그러니까 인간이 될 수도 있었는데 네가 그걸 포기한 거라고?"

"그렇습니다, 주인님."

크마시온의 말에 이민준은 잠시 멍한 기분이었다.

그렇게나 인간이 되기를 원했으면서 어째서 그런 기회를 포기한 걸까?

이민준이 의문 가득한 얼굴로 쳐다보자 크마시온이 고개를 끄덕이며 대답했다.

"힘을 얻고 인간이 될 수도 있었지만, 포기한 이유는 그렇게 되면 영생마저 포기해야 했기 때문입니다."

"영생을 포기해야 한다고?"

"저는 한때 트리움의 기운을 받아들인 마법사였습니다. 그로 인해 리치가 되었고, 다시 인간이 되기 위해 살아 있는 모험가들의 정기를 빨아들이려 했었습니다."

이민준은 고개를 끄덕였다. 크마시온을 처음 만난 던전에서 그 내용을 모두 들었었으니까.

크마시온이 계속해서 말을 이었다.

"그런데 이번에 마신 트리움의 마기를 완전히 흡수하면서 또 한 번 그럴 기회가 찾아왔습니다. 영생을 포기하고 인간이 되거나, 아니면 모험가 100명의 생기를 빨아들여 영생과 함께 인간의 모습을 얻거나."

"마신 트리움이 그런 조건을 내걸었다고?"

"아닙니다. 녀석은 이제 실체가 없습니다. 제가 완전히 흡수해 버렸거든요."

"그렇다면 네가 마신 트리움을 흡수해서 알게 된 사실이란 말이지?"

"그렇습니다. 그리고 모험가를 흡수하는 일은 말도 안 되는 소리죠. 저는 놈의 기운을 흡수하며 차라리 이 모습대로 살겠다고 마음을 먹었습니다. 영생을 위해서요. 그렇게 각성해서 슈퍼 리치가 된 겁니다."

이민준은 고개를 끄덕였다.

녀석이 큰 결정을 한 거였다.

더군다나 살아 있는 모험가 100명을 흡수하라니.

그건 이민준이 허락을 하지 않을 일이었다.

어쨌든.

옳은 결정을 한 거니 칭찬받아 마땅한 일이었다.

그뿐인가?

크마시온이 다시 인간의 모습을 찾기를 바랐던 건 맞지만, 그렇다고 해도 영생까지 포기할 정도로 원하고 있던 건 아니니까.

이민준은 크마시온을 정면으로 쳐다보며 물었다.

"그래서? 슈퍼 리치가 되면서 완전한 영생을 얻은 거야?"

"그렇습니다, 주인님."

이걸 축하한다고 해야 하는 건가?

그렇게 생각하자,

"맞습니다, 주인님. 축하해 주시면 됩니다. 제가 그렇게나 바랐던 일이지 않습니까?"

이민준은 크마시온이 상당히 기뻐하고 있음을 느낄 수 있었다.

그래. 네 녀석이 만족한다는데, 그 기준을 자신의 견해로 생각해서는 안 되는 거겠지.

"알았다, 인마. 어쨌든 슈퍼 리치가 된 거, 그리고 완전한 영생을 얻은 걸 모두 축하한다."

"으흐흐! 감사합니다, 주인님."

"나도 축하해, 크마시온. 겉모습에 대한 편견은 그저 편견일 뿐이니까."

"으훗! 베닝 님도 감사합니다."

"근데 그건 알지? 결국 편견이라도 많은 사람이 널 뼈다귀로 여기면 그건 어쩔 수 없는 거야?"

"그 정도야 각오하고 있습니다."

"후후! 짜식."

((흐어어! 크마시온! 난 지금의 네 모습이 더 좋다!))

"호호! 고맙다, 킹 섀나."

이민준은 두 녀석을 보며 살짝 재미있다는 생각을 했다.

그림자 인간과 뼈다귀 마법사.

녀석들은 서로에게 편견을 가질 이유가 전혀 없으니 말이다.

"허허허! 이거, 이거 저도 축하를 해야겠군요."

카소돈의 축하를 마지막으로 모두의 인사치레가 끝났다.

그렇다면 이제 남은 과제를 해결해야 한다.

이민준은 서둘러 퀘스트를 확인했다. 다행히도 두 번째 퀘스트가 진행 중으로 표시되어 있었다.

그렇다는 건?

"크마시온, 너 트리움의 마기를 사용할 수 있는 거지?"

"물론입니다. 주인님이 멜탄스의 마기를 사용하셨듯, 저 또한 트리움의 마기를 이용할 수 있습니다."

주신인 할루스와 연관이 있는 이들이 마기를 사용한다니.

조금은 우습다는 생각이 들긴 했지만, 지금은 그런 게 중요한 게 아니니까.

"따라와, 크마시온."

저걱- 저걱-

이민준은 성전의 중앙으로 향했다.

화르륵-

성전의 중앙에는 여전히 작은 불씨가 남아 있었다. 두 번째 성지를 활성화시킬 수 있는 바로 그 불씨였다.

이민준은 크마시온을 쳐다봤다. 그러자 고개를 끄덕인 크마시온이 양손을 앞으로 뻗었다.

굳이 말하지 않아도 이민준이 요구하는 바가 뭔지를 알고 있는 거다.

"주인님, 조금만 뒤로 물러나 주세요."

"그래."

여기서부터는 크마시온이 해야 하는 거니까.

저걱- 저걱-

이민준이 뒤로 물러난 후였다.

콰르르륵-

크마시온의 양손에서 시커먼 기운이 뿜어져 나왔다. 그리고 그건 다름 아닌 트리움의 마기였다.

화륵- 화르륵-

마기가 쏟아지자 놀랍게도 주신의 불꽃이 강하게 반응

했다.

촤르르륵-

한참을 굶었다는 듯 크마시온이 뿜어 대는 마기를 빠르게 흡수한 주신의 불꽃이 점점 몸집을 불렸다.

"됐습니다! 이 정도면 충분합니다. 이젠 모두 밖으로 나가시죠!"

주신의 사제인 카소돈이 스킬을 이용해 두 번째 성전의 에너지를 파악한 모양이었다.

크르르르-

그와 동시에 지진이라도 난 것처럼 성전 전체가 크게 흔들리기 시작했다.

이민준은 마기를 쏟느라 정신이 없는 크마시온에게 소리쳤다.

"이제 됐어! 그만하고 나가자! 크마시온!"

"알겠습니다, 주인님!"

그제야 정신을 차린 크마시온이 이민준을 따라 밖으로 달렸다.

타다닥-

모두가 빠른 속도로 달렸다.

슈욱-

그렇게 성전을 벗어나는 데는 그다지 오랜 시간이 걸리지 않았다.

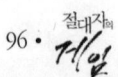

크허엉-

성전의 밖은 마기에 휩싸인 몬스터들의 세상이었지만,

흐어어엉-

놈들은 주신의 성전에서 나오는 에너지에 겁을 먹었던지 상당히 멀리 떨어진 거리에서 불안한 울음소리만 낼 뿐이었다.

"헉헉! 됐습니다. 이쯤이면 안전할 겁니다."

적당히 거리를 벌린 후 카소돈이 크게 숨을 내뱉으며 한 말이었다.

모두가 안전하게 빠져나온 걸 확인한 이민준은 등을 돌려 성전 쪽을 바라보았다.

쫘드등-

천둥 같은 소리가 주변을 크게 울린 후였다.

후아악!

순간 성전 전체가 밝은 빛에 휩싸이는가 싶더니 이내,

촤르릉-

엄청나게 굵은 빛줄기가 하늘로 쏘아졌다.

"우와!"

"세상에!"

"대단하군요."

적어도 서울의 63빌딩만 한 굵기의 둥근 빛줄기가 하늘로 쏘아진 거다.

그와 동시에,

쉬이이익-

성스러운 기운이 주변으로 퍼져 나갔다.

그러고는,

쿠에에에-

성스러운 기운에 몸을 노출한 몬스터들이 불에 탄 종이처럼 순식간에 재로 변해 버렸다.

'주신의 기운이 점점 강해지고 있어.'

이민준은 숨겨진 주신의 성지가 하나씩 활성화되면서 조금씩 변화가 생기고 있음을 눈치챘다.

그때였다.

띵-

[상처 : 드아빌 지역에 빛의 기둥이 생성되면서 두 번째 성지가 활성화되었습니다. 연계 퀘스트인 '두 번째 성지를 찾아라.'를 해결하셨습니다.]

이민준은 흡족한 미소를 지었다.

크마시온이 죽을지도 모른다던 퀘스트를 해결한 거다.

퀘스트를 해결했다는 만족감보다 크마시온이 살아 있다는 기쁨이 더욱 크게 다가왔다.

그리고 그와 동시에,

띵-

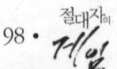

> 퀘스트 보상 : 현금 20억 원
> 리얼 타임 : 2,000시간
> 경험치 : 55%
> 영혼력 : 3%

퀘스트의 보상도 함께 주어졌다.

뿌듯한 기분이었다.

이민준은 고개를 돌려 하늘로 쏘아지고 있는 성스러운 기둥을 바라보았다.

'두 번째 성지도 첫 번째처럼 완전하게 자리 잡는 데 시간이 걸리겠지?'

첫 번째 성지를 활성화했을 때도 겪었던 일이다.

그렇다면 굳이 이곳에 남아 있을 이유는 없었다.

더군다나,

후우웅-

주변으로 퍼져 나간 성스러운 기운 덕분에 시커먼 마기에 사로잡혀 있었던 드아빌 지역이 정화되고 있기도 했다.

"오오! 드아빌 지역에 있던 마기가 사라지고 있습니다."

그걸 느낀 건 카소돈도 마찬가지였던지 벅찬 목소리로 소리를 질렀다.

"잘된 일입니다."

고개를 끄덕여 준 이민준은 아서베닝에게 시선을 돌리며 물었다.

"다 끝났으니 우리도 일행들이 남아 있는 곳으로 돌아가 볼까?"

"토르투 영지 말이죠?"

"그래."

"그럴 줄 알고 그곳에 저만의 표식을 남겨 놓고 왔죠."

활짝 웃은 아서베닝이 밝은 표정으로 일행들에게 말했다.

"자자, 텔레포트 하겠습니다. 이리로 모이세요."

드래곤이 있어서 좋은 점은 바로 이런 거였다.

그게 어떤 거냐고?

그건 바로 한 번 가 본 지역은 문제없이 텔레포트를 할 수 있다는 거다.

지금까지 이동을 위해서 마법 주문서를 이용한 건 아서베닝이 한 번도 가 보지 못한 지역으로 이동하기 위한 거였다.

녀석 또한 이동 마법을 사용하기 위해서는 목표 지역의 좌표와 모습이 머릿속에 들어 있어야 하니 말이다.

하지만 한 번 다녀온 지역은?

녀석은 방문한 지역마다 특정 구역에 자신만의 마법진을 숨겨 놓고 있었다.

다시 돌아갈 일이 생기면 편하게 가기 위해서 말이다.

일명 자신만을 위한 간이 이동 마법진이라고 할까?

어쨌든 아서베닝은 토르투 지역에도 그런 장소를 마련해 놓았었다.
아서베닝이 소리쳤다.
"자! 갑니다!"
그러고는,
후욱-
강한 마나가 모두를 휘감는가 싶더니,
쉬쉬쉭-
이내 주변의 모습이 바뀌었다.

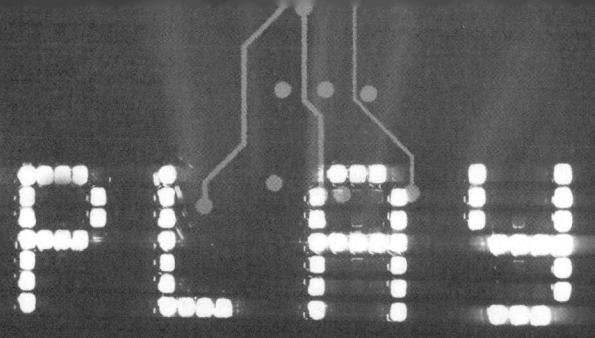

제4장

재회

히메인은 창밖을 바라보았다.

콰우우우-

하늘을 향해 솟은 은색의 타원형 구조물이 강한 에너지를 뿜어 대고 있었다.

저것이 위치한 곳은 천계의 황궁인 이음에서 얼마 떨어지지 않은 장소였다.

"이쪽이다! 이쪽에 방어 마법을 사용하라!"

"아니, 이쪽에서 더욱 강하게 뿜어지고 있어!"

천사 기사들이 바쁘게 움직이며 구조물이 뿜어 대는 에너지를 막아 보려 노력하고 있었지만, 그다지 실효성은 없어 보였다.

'어쩌다 이렇게 된 거지?'

히메인은 주먹을 꽉 쥐었다.

처음 저곳에 자리를 잡았을 때는 고작해야 작은 창고 정도의 크기였다.

그러던 것이 지금은?

황궁에서 가장 크다는 찬란한 첨탑보다도 높고, 신들의 의사당보다도 크게 몸집이 불어난 상태였다.

'대체 저건······.'

그녀는 고개를 흔들었다.

저 말도 안 되는 물체가 뿜어내고 있는 에너지가 익숙하게 느껴졌기 때문이었다.

'그래. 저건 분명 천계의 에너지야.'

천계의 에너지로 천계를 초토화하고 있는 존재라니!

이걸 대체 뭐라 설명할 수 있을까?

지금까지 한 번도 느껴 보지 못한 강한 불안감이 히메인의 가슴을 울렁이게 하고 있었다.

"2대대! 집결하라!"

"우리는 7대대와 교체를 할 것이다!"

"이번에야말로 저 흉측한 물건을 없애 버릴 때다!"

"천계를 위하여!"

건물 바깥쪽에선 천사 기사들이 의지를 다지고 있었다.

그래. 모두 저 물체 때문이겠지.

'절망의 사자라고 했던가?'

할루스의 기운을 가지고 천계로 들어와 성스러운 천기를 게걸스럽게 먹어 대고 있는 저 구조물.

저 물체가 황궁 앞에 자리를 잡기 전까지만 해도 그는 인간의 모습을 한 존재였다.

그자의 이름은 히리온.

자신이 절망의 사자라고 떠들어 댔던 존재다.

히리온이 이곳으로 향할 때 천계의 모든 천사 기사와 전투의 신들이 그를 향해 맹공격을 퍼부었다.

공격이 얼마나 막강했던지 히리온을 중심으로 주변 수 킬로미터가 하얗게 보일 지경이었다.

하지만 그럼에도 그는 약해지거나 주춤하지 않고는 계속해서 전진했다.

실로 놀랍고 두려운 장면이었다.

그러고는 그렇게 끝없이 걸을 것 같던 히리온이 거짓말처럼 황궁 앞에서 서 버렸다.

폭풍이 불어닥치기 바로 직전처럼 끔찍하고 무서웠던 순간.

히리온의 몸에서 강한 빛이 감돈 후 진한 기운이 흘러나와 그를 뒤덮었다.

모두를 당황케 하였다.

그러나 히리온은 이미 예상하고 있었다는 듯 작은 크기의 건물로 변해 버렸다.

건물을 부수기 위해 다시금 공격이 이어졌지만, 저 구조물은 조금의 상처도 입지 않은 채로 점점 몸집을 부풀려 저리도 큰 구조물이 되어 버렸다.

천계의 그 누구도 부수거나 성장을 멈추게 하지 못하게 된 구조물.

이게 할루스가 말했던 이 세상의 끝인 건가?

이것이야말로 할루스가 주장했던 천계의 종말이란 말인가?

히메인은 고개를 흔들었다.

뭔가 잘못되어도 크게 잘못된 거다.

'주신이시여.'

그렇게 생각하니 저도 모르게 눈물이 왈칵 쏟아지고 말았다.

그때였다.

똑- 똑-

"약속의 신이신 히메인이시여, 천계의 의장이신 디보데오께서 당신을 뵙고자 하십니다."

천계의 의장 디보데오.

'당신은 전쟁의 신이라는 직책이 어울려.'

실로 어색한 직책이었다.

그렇다고 뭘 어쩔 수 있을까?

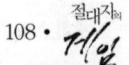

디보데오가 욕심을 냈던 자리인 것을.

고개를 흔든 히메인이 말했다.

"그분의 첨탑에서 뵙기를 원하시는 건가요?"

"그렇습니다, 신이시여."

"알았어요. 제가 곧 간다고 전해 주세요."

"그렇게 하겠나이다."

감정을 추스른 히메인은 잠시 창밖을 노려보고는 이내 문을 향해 걸었다.

저걱- 저걱-

히메인은 구름이 깔린 디보데오의 첨탑을 걸었다.

황성의 모든 곳이 훤하게 내려다보이는 높은 장소였다.

그뿐만이 아니었다.

한때는 주신의 첨탑으로 불렸던 이곳은 황성은 물론 우주와 인간계까지 한눈에 내려다볼 수 있는 장소이기도 했다.

지금은 주인이 바뀐 최고만의 자리.

이젠 디보데오가 사용하는 천계 의장의 첨탑이었다.

'후우.'

히메인은 조심스럽게 고개를 들어 디보데오를 확인했다.

콰우르르-

그는 황성이 내려다보이는 곳에 앉아 흉측한 구조물을 내려다보고 있었다.

천계의 의장인 그에게도 저 구조물은 커다란 걱정거리일 테니까.

히메인은 전쟁의 신을 훑어보았다.

디보데오는 커다란 덩치에 준수한 외모를 가진 그야말로 남성미가 물씬 풍기는 신이었다.

또한 언제나 두꺼운 갑옷을 입은 채로 등에는 항성의 검과 행성의 방패를 메고 있기도 했다.

마치 곧 전쟁터에 나가야 할 것만 같은 그런 모습으로 말이다.

터덕-

히메인은 걸음을 멈추었다. 디보데오로부터 대략 4~5걸음 떨어진 곳이었다.

그녀는 살짝 허리를 숙여 인사를 했다.

"약속의 신 히메인, 천계의 의장님께 인사를 올립니다."

어찌 보면 조금은 어색해 보이는 인사일 수도 있었다. 그리고 그걸 모를 디보데오가 아니었다.

"그대는 여전히 나를 탐탁지 않게 생각하고 있나 보구려."

인간으로 치면 대략 20대로 보이는 얼굴이었다.

그는 젊은 얼굴을 선호하는 신이었다.

하지만 그런 디보데오의 눈에는 깊은 통찰력이 담겨 있었다.

히메인은 무표정한 얼굴로 대답했다.

"저를 부르셨다고 들었습니다."

그녀의 말투는 분명 공손했지만, 그 안에는 '당신이 나를 부를 일이 뭐가 있지?'라는 반문이 담긴 것 같기도 했다.

충분히 기분이 나쁠 만한 상황이었다.

그러나 디보데오는 그러지 않았다.

그는 히메인이 자신을 그렇게 생각한다는 걸 오히려 당연하게 여기고 있었으니까.

스슥-

디보데오가 자리에서 일어났다. 키가 어찌나 크던지 그의 머리가 천장에 가깝게 다가갔다.

"고개를 들어요, 히메인. 그대가 굳이 나를 정중하게 대할 필요는 없습니다."

뭔데? 그렇다고 무시를 할 수도 없는 노릇 아닌가?

히메인이 그렇게 생각할 때였다.

디보데오가 말을 이었다.

"당신은 처음부터 반대했었지. 할루스를 봉인하는 일에 대해서 말이요. 내가 그렇게나 설명을 했는데도 말이지."

히메인은 고개를 들었다. 높은 곳에 보이는 디보데오의 눈과 마주치기 위해서였다. 그러고는 말했다.

"그런 사실이 당신을 불편하게 만들고 있나요?"

잠시 어색한 침묵이 흘렀다.

"후후후."

어색한 침묵을 깬 건 다름 아닌 디보데오의 웃음이었다.

"여긴 마계가 아니라오. 누구든 자신의 의견을 자유롭게 피력할 수 있는 곳이지."

스슥- 스스슥-

디보데오가 침탑의 중앙을 향해 걸었다.

그는 대단히 큰 키에 거대한 몸집을 가진 신이었지만, 움직임만큼은 부드럽고 유연해서 마치 물이 흐르는 걸 보는 것만 같았다.

턱-

디보데오가 발걸음을 멈추었다.

그러고는 손을 들어 올리자,

크루루루-

바닥에 깔린 구름이 소용돌이를 일으키며 몸집을 키웠다.

스스스-

그건 마치 영상을 보여 주기 위한 작은 화면처럼 보였다.

아니나 다를까. 구름이 만든 화면에 지난 영상이 떠올랐다.

'저, 저건?'

히메인은 심장이 쿵 하고 내려앉는 기분이었다.

왜 아닐까?

디보데오가 불러낸 마법 영상에는 자신과 여신 에스페린

의 모습이 찍혀 있었다.

디보데오가 말했다.

"당신이겠지. 여신 에스페린을 지상으로 내려보낸 게. 안 그렇소, 약속의 신?"

히메인은 대답을 하지 못했다. 그 대신 주먹을 꾹 쥔 채로 입을 다물고 있을 뿐이었다.

그러자 디보데오가 손짓을 했다.

마법 영상이 바뀌었다.

영상 속에 나타난 장소는 크리스털로 만들어진 동굴이었다.

또한 수정구로 변한 여신 에스페린의 모습도 그 안에 담겨 있었다.

조금의 시간이 흐른 후였다.

화면 속에 한 사내가 나타나서는 주변의 천사 기사들을 모두 죽였다.

그러고는,

쫘득-

영상 속 사내가 손을 뻗자 여신 에스페린이 사내에게 흡수되어 버렸다.

"아아!"

히메인은 그만 다리에 힘이 풀려 주춤하고 말았다. 하마터면 그 자리에 주저앉을 뻔했다.

'이, 이럴 수가!'

그녀는 고개를 돌려 황성 밖에 자리 잡은 거대한 구조물을 쳐다봤다.

영상을 오래 보지 않아도 알 것만 같았다. 히리온이 어떻게 천상으로 들어올 수 있었는지를 말이다.

그는 천상의 신인 에스페린의 힘을 흡수한 후, 그 능력을 이용해 천계로 들어온 거였다.

그렇다는 건?

"여신 히메인, 할루스의 봉인을 풀려 했던 그대의 마음을 이해하지 못하는 바는 아니오. 하지만 그런 마음 때문에 저 엄청난 것이 천계로 들어오게 한 것은 용서받을 수 없는 죄."

히메인은 고개를 떨구었다.

지금 이 상황에서 대체 무슨 말을 할 수가 있단 말인가?

그녀는 빠르게 지난 시간을 곱씹었다.

어느 순간 에스페린과의 연락이 두절되었다. 그런데 그게 설마 히리온에게 흡수를 당했기 때문이라니!

부르르-

히메인은 크게 몸을 떨었다.

어쩌면 천계의 멸망은 자신의 실수로부터 시작된 것인지도 모를 일이었다.

그녀가 말했다.

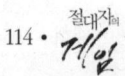

"변명의 여지가 없습니다. 죽음으로 이 죄를 모두 갚을 수 없음도 잘 알고 있습니다. 하지만 그래야 한다면 저 스스로 법정에 서서 죄를 자백하겠습니다."

히메인은 천계의 여신이었다.

더군다나 그녀의 다른 이름은 정직의 신인 가리온.

굳이 변명하고 싶은 생각은 없었다.

스스슥-

히메인이 고개를 드는 순간 디보데오가 빠르게 다가왔다.

움찔-

히메인은 겁이 났지만, 마음을 굳게 다지며 참아 냈다.

스윽-

코앞까지 다가온 디보데오가 엄한 표정으로 말했다.

"그대가 저지른 일은 그대의 목숨을 아무리 바친다고 해도 해결할 수 없는 문제. 쓸개를 씹어 먹는 마음으로 결정을 내렸소. 당신이 벌인 일이니 당신 손으로 마무리하시오."

디보데오가 잠시 말을 멈췄고, 히메인은 숨도 못 쉴 것 같은 압박감을 받고 있었다.

아주 조금의 시간이 흐른 후, 히메인과 눈을 마주한 디보데오가 다시금 입을 열었다.

"지상계로 내려가서 한니발을 데려오시오."

뭐? 누구를 데려와?

히메인은 크게 숨을 삼켰다.

혹여나 자신이 잘못된 말을 들은 건 아닌가 하는 의구심도 들었다.

하지만 디보데오는 이상할 것 없다는 표정으로 말을 이었다.

"에스페린처럼 몰래 내려가는 게 아니니, 당신은 당신의 능력을 가지고 갈 수 있을 것이오. 하지만 호위는 없소. 더 이상 수선을 떨었다간 마계가 가만히 있지 않을 테니까."

"그, 그렇지만 천계의 의장이시여."

"당신에겐 어떤 말도 듣지 않겠소. 지체할 시간 또한 없지. 그러니 지금 당장 내려가시오. 아! 그리고 한 가지. 이 허락은 할루스의 봉인과는 상관이 없는 일이니 착각하지 마시오."

말을 마친 디보데오는 뒤도 돌아보지 않은 채로 첨탑을 벗어났다.

마치 히메인이 꼴도 보기 싫다는 듯.

✦ ✦ ✦

"움직여!"

"똑바로 줄을 서라!"

제국군 복장을 한 병사들이 포승줄에 묶인 죄인들을 거칠게 다루고 있었다.

인근 영지에서 서둘러 달려온 지원병들이었다.

처척-

사각 턱을 가진 기사가 다가와 예를 갖추며 말했다.

"현재 도주한 자들의 70퍼센트를 잡아들였습니다. 그 외의 탈주 기사와 병사, 그리고 이 성의 가신들을 잡기 위해 길목마다 검문소를 만들어 놓은 상황입니다."

이름이 프리툰인 이 제국군 기사는 빛나는 눈빛으로 앨리스를 바라보는 중이었다.

앨리스는 그런 프리툰을 향해 미소 지으며 대답해 주었다.

"수고했어요. 죄인들은 황성으로 호송할 겁니다. 준비해 주세요."

"옛! 걱정하지 마십쇼! 제가 책임을 지고 일을 마무리 짓겠습니다."

프리툰은 매우 각이 잡힌 모습이었다.

왜 아닐까?

앨리스는 여황파 중에서도 현재 가장 영향력이 있는 성기사였다.

교황파가 아닌 이상 지방에 있는 기사와 영주들은 앨리스에 눈에 띄고 싶어 안달이 난 상황이었다.

"이봐! 빨리빨리 안 뛰어?"

"이 자식들이 어디서 눈깔을 돌려? 감히 우리 앨리스 조사관님을 해하려 했단 말이야?"

 그 때문이었는지 지원을 나온 기사들은 필요 이상으로 악을 쓰고 있었다.

 고개를 흔든 앨리스는 마을 주민들을 돌보고 있는 에리네스와 루나 쪽으로 다가갔다.

"사람들은 모두 괜찮을까요?"

 앨리스의 물음에 에리네스가 땀을 닦으며 대답했다.

"누가 치료를 해 주는데 안 괜찮겠어요? 호호! 걱정하지 마요. 대부분 안정을 찾은 상태예요."

"다행이네요."

 앨리스는 진심으로 안도감을 느꼈다.

 산 채로 생기를 빨리는 끔찍한 일을 당한 사람들이다.

 한니발은 그런 사람들을 구조해 냈고, 뒤처리를 자신에게 부탁하기도 했다.

 그렇기에 문제없이 이 일을 해결해야 하는 책임감을 느끼고 있는 거였다.

 잠시 주변을 둘러보고 있을 때였다.

 웅성- 웅성-

 성의 입구 쪽에서 소란스러운 소리가 들려왔다.

'설마?'

 앨리스는 놀란 눈으로 소란이 일고 있는 곳으로 달려갔다.

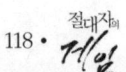

그때였다.
"영웅께서 돌아오셨다!"
"우리를 살리신 영웅이 오셨어요!"
"아아! 영웅이시여! 아아! 한니발이시여!"
입구 쪽에 모여 있던 사람들이 너도나도 소리를 질러 댔다.
'한니발이 왔다고?'
입구를 향해 달리던 앨리스는 순간 심장이 두근거림을 느꼈다.
토르투 영지에서 벌어진 일을 수습하며 한창 정신이 없던 차였다.
그런 와중에도 드아빌 지역으로 떠난 한니발 일행이 계속해서 궁금했었는데, 드디어 그들이 돌아온 거다.
'한니발!'
앨리스는 설레는 마음으로 인파들이 모인 곳으로 다가갔다.

"한니발 님!"
"당신 덕분에 살았어요!"
"구해 주셔서 감사합니다!"
크리스탄 성의 입구로 들어선 이민준은 살짝 난감함을 느꼈다. 느닷없이 사람들이 몰려들어 환호했기 때문이다.

"네. 몸은 괜찮으신 거죠? 어디 편찮으신 데는 없으시고요? 당분간은 편히 쉬시면서 몸 관리하세요."

이민준은 자신을 향해 환호하는 사람들에게 일일이 대꾸를 해 주었다.

물론 이런 분위기를 전혀 예상하지 못했던 건 아니었다. 다른 마을에서도 비슷한 경험이 꽤 있었으니 말이다.

하지만 그렇다고 해도 매번 이런 분위기를 맞닥뜨리는 건 부담스러울 수밖에 없는 일이었다.

"잠시 지나갈게요."

이민준은 사람들 사이를 헤치며 조심스럽게 앞으로 나아갔다.

몇 걸음을 옮긴 후였다.

'앨리스?'

인파들 사이에 섞여 있는 앨리스의 얼굴이 눈에 띄었다.

"앨리스, 거기서 뭐해요?"

이민준은 앨리스에게 다가갔다. 그러자 앨리스가 수줍은 얼굴로 미소 지으며 말했다.

"한니발이 사람들에게 둘러싸여 있는 모습을 감상하고 있었지요."

"어어? 마치 남 일 구경하는 것처럼 왜 그래요? 앨리스도 우리 일행이잖아요."

"그런가요? 호호! 어쨌든 이렇게 멀리서 바라보는 한니

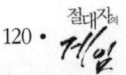

발도 정말 멋지네요."

"치! 그렇게 말한다고 해서 당신의 아름다움이 사라지는 건 아니잖아요. 멀리서 봐도 빛이 나던데요?"

"우와! 주인님, 제 뼈다귀에 없던 털이 막 곤두서는 것 같습니다."

"그러게. 형, 제 비늘에 닭살이 막 돋아나려 한다고요."

((흐어어! 얼어붙는다!))

이민준의 장난 섞인 말에 크마시온과 아서베닝이 너스레를 떨었다.

사람들과 섞여 있다 툭 하고 튀어나온 녀석들이다.

그런 크마시온을 발견한 앨리스의 얼굴에 화색이 돌았다. 그러고는,

"크마시온! 살아서 돌아왔군요!"

와락-

어찌나 반가웠던지 앨리스가 크마시온을 껴안았다.

"으흐흐! 살아서 왔습니다."

크마시온이 음흉한 웃음을 흘렸다.

"이 자식이? 크마시온 너, 그 웃음의 의미는 뭐냐? 뼈다귀 주제에 뭘 느끼는 거냐고?"

살짝 샘이 난 이민준은 조심스럽게 앨리스와 크마시온을 떨어트렸다. 그러자 앨리스가 장난스러운 표정으로 말했다.

"어머! 한니발, 설마 질투하는 건 아니죠?"

"질투합니다. 당신이 다른 사람을 껴안는 건 정말 못 참겠네요."

"어머? 정말요? 그 대상이 크마시온이라고 해도요?"

"크마시온도 성은 남성이에요. 당신이 곰 인형을 껴안는다고 해도 저는 질투할 거예요. 제가 아닌 곰 인형을 좋아한 죄로요."

"호호호! 알았어요. 이젠 당신 아니면 아무도 껴안지 않을게요."

앨리스는 기분 좋게 웃었고,

"세상에! 베닝 님! 텔레포트 중에 이상이 발생한 거 아닙니까? 우리 주인님 머리에 이상이 생긴 거 같은데요?"

"그러게. 마법 경로를 다시 확인해 봐야겠어! 이건 명백히 오류가 발생한 거야!"

((흐어어! 큰일이다!))

일행들이 또다시 호들갑을 떨었다.

이민준은 묵묵히 미소 지을 뿐이었다.

물론 이민준의 머리에 이상이 생긴 건 아니었다.

단지 크마시온의 죽음이란 큰 사건을 겪으면서 생각이 조금 바뀐 것뿐이었다.

감정을 숨기지 말자.

곁에 있던 사람이 어느 순간 불의의 사고로 갑자기 죽을 수도 있으니.

만약 그런 일이 발생한다면 그동안 소극적으로 굴었던 게 얼마나 후회스러울까?

그런 생각을 하자 지금까지 감정을 아껴 왔던 게 덧없이 느껴졌기 때문이었다.

이민준은 기분 좋은 미소를 지으며 앨리스의 볼을 쓰다듬어 주었다. 그러자 앨리스도 이민준의 체온을 느낀다는 듯 애정 담긴 미소로 화답했다.

그때였다.

"크마시온!"

군중들 사이에서 어린 여자의 목소리가 빼액! 하고 울렸다.

"허억!"

"뭐야?"

화들짝 놀란 사람들이 길을 비켰다. 그러자 루나의 모습이 드러났다.

"아! 루나 님!"

"크! 마! 시! 온!"

녀석은 주먹을 가득 쥔 상태였다. 마치 무언가에 굉장히 분노한 것처럼 말이다.

꿀꺽-

누군가의 침 삼키는 소리가 들렸다. 뭔가 폭발할 것만 같은 분위기였기 때문이다.

그때였다.

후다닥-

단숨에 달려온 루나가,

와락-

크마시온의 품에 안겼다.

"앗! 루나 님."

크마시온은 살짝 당혹스러워했지만,

"흐아앙! 크마시오온! 흐아아앙!"

이내 루나가 울음을 터트리자 이해한다는 듯 고개를 끄덕이며 루나의 등을 토닥여 주었다.

"우, 울지 마세요, 루나 님. 저 이렇게 살아서 돌아왔잖아요."

부드러운 목소리였다.

그럼에도,

"흐아앙! 흐아아앙! 크마시오온!"

루나는 마치 속에 있는 울음을 모두 끄집어내려는 것처럼 서럽게 울어 댔다.

"허, 허음!"

"이, 이게, 어흠!"

크마시온에게 있었던 일을 전혀 알지 못하는 영지 사람들이었다.

"훌쩍."

하지만 그럼에도 루나가 어찌나 서럽게 울었던지 괜스레 눈을 적시는 사람들이 보이기도 했다.

이들을 전혀 알지 못하는 사람들도 이 정도인데 일행들은 어떠할까?

"후우! 안전하게 돌아왔군요."

아픈 사람들을 돌보느라 합류가 살짝 늦은 에리네스도 눈가의 눈물을 닦으며 모습을 드러냈다.

"그러게요. 정말 다행이죠? 훌쩍!"

앨리스도 손수건으로 눈물을 훔치며 마음을 추스르고 있었다.

"흐으으! 흐으으!"

"우, 울지 마세요, 루나 님. 훌쩍!"

당사자인 크마시온마저 커다란 눈에서 보석 같은 눈물을 뚝뚝 흘렸다.

"짜식."

이민준은 루나에게 다가가 그녀의 가녀린 등을 토닥여 주었다.

그 마음을 왜 알지 못할까?

루나는 잔인한 아키쿠바의 세상에서 수년을 갇혀 살았던 불쌍한 아이다.

끔찍한 세상을 견뎌 내느라 사회성이 부족해진 아이.

그런 루나를 발견하고 따스하게 다가간 존재가 바로 이민준과 크마시온이었다.

특히나 크마시온은 루나와 코드가 잘 맞아, 그녀의 가장 친한 친구가 되기도 했다.

여행 중이든, 마차 안에서든 언제나 항상 옆에 딱 달라붙어 장난을 치고, 생각을 나누었던 동지 말이다.

그랬던 크마시온이 느닷없이 사형선고를 받았었다.

그동안 루나는 크마시온이 죽을지도 모른다는 사실에 상당한 스트레스를 받았던 거였다.

물론 티를 내지는 않았었다. 자신이 좋아하는 크마시온이 부담을 가질까 봐 말이다.

그렇게나 걱정하고 두려워한 크마시온의 죽음!

그런데 녀석이 이렇게 버젓이 살아 돌아왔으니 어찌 기쁘지 않을까?

"흐아앙! 흐아아앙!"

루나의 울음은 쉽게 끝나지 않았다.

하지만 누구 하나 그녀의 울음을 싫어하거나, 짜증 나 하지 않았다.

모르는 사람도 그녀의 진심에 머쓱해진 거고, 내용을 잘 아는 일행들은 모두 그녀의 마음을 이해했기 때문이었다.

어둠에 잠긴 크리스탄 성이었지만, 왠지 모를 따뜻한 감성이 하늘에서 내려오는 기분이기도 했다.

모두의 감정이 정리된 후였다.

"슈퍼 리치 크마시온! 흐흐! 빨리 와! 네가 도와줘야 할 게 하나둘이 아니라고!"

어느새 기분이 좋아진 루나는 크마시온을 데리고 다니면서 아픈 사람들을 도와주고 있었다.

"베닝 님, 나 좀 도와줘요."

더군다나 마나의 보고라고 알려진 드래곤까지 합류한 상황이었다.

무려 198레벨이 된 슈퍼 리치와 드래곤의 합류는 토르투 영지민들을 도와주는 데 큰 힘이 되고 있었다.

이민준은 묵묵한 눈으로 모두를 돌아보았다.

해가 뜰 때쯤 되면 이곳 일도 대충 정리가 될 터였다.

고개를 끄덕였다. 그때쯤이면 세 번째 퀘스트도 올 테니 말이다.

숨을 고른 이민준은 제한 시간을 확인했다.

현실을 다녀와야 할 시간이 10분도 채 남지 않은 상황이었다.

앨리스에게 다가간 이민준은 뒷정리를 부탁하고는 사람들이 보이지 않는 조용한 장소로 발걸음을 옮겼다.

그러고는,

후우욱-

게이트를 통과했다.

✵ ✵ ✵

 회의실 분위기는 절대 가볍지가 않았다.
 최근 시장의 분위기를 그대로 반영하는 거라.
 어찌 아니라고 말할 수 있을까?
 티엘이 시장으로 치고 나온 후로 SH 무역의 매출이 무려 30퍼센트나 하락했다.
 너무 큰 수치였다.
 티엘이 무섭게 성장세를 키워 나가는 바람에 SH의 고객과 협력사를 잃은 것이다.
 대기업이 손을 댄 이상 그건 어쩔 수 없는 일이었다.
 그 때문이었는지 스크린 앞에 서서 발표하는 안이성 부장은 마치 죄인이라도 된 것처럼 어두운 표정으로 계속해서 발표를 이었다.
 "또한 티엘 쪽 내부 소식통이 말한 바로는, 이번 기회에 시장을 장악하겠다는 생각으로 더욱 큰 광고와 이벤트를 벌일 준비를 하고 있다고 합니다."
 "아."
 "저런."
 "으흠."
 안이성 부장의 발표에 회의실 이곳저곳에서 탄성이 흘러나왔다.

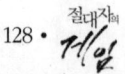

"아, 이거 진짜 머리 아프네."

성창식이 양손으로 자신의 머리를 흩트렸다.

속이 답답했던 모양이었다.

하지만 그럼에도 이민준은 크게 반응하지 않았다.

어차피 마음의 준비쯤은 하고 있었던 차였다.

자본을 가지고 싸우는 시장이다.

돈이 있는 사람이 돈으로 밀어붙인다는데, 대체 뭐로 그걸 막는단 말인가?

밀어닥치는 쓰나미가 그래서 무서운 거다. 주변을 초토화하니 말이다.

덕분에 SH 무역과 같은 중소형 업체들은 이미 문을 닫을 준비를 하고 있다는 소문이 무성할 정도였다.

"발표는 여기까지입니다."

안이성 부장이 인사를 하고는 자신의 자리로 가서 앉았다.

회의실에 있는 실무자들의 표정은 그저 어둡기만 했다.

이민준은 회의실을 주욱 돌아봤다.

그러고는,

짝!

손뼉을 치자 모두가 놀란 눈으로 이민준을 쳐다봤다.

이민준은 미소를 띤 채로 말했다.

"왜들 이렇게 기운이 빠져 있습니까? 회사가 망하기라

도 했습니까?"

"아, 아닙니다, 대표님."

"그런 건 아니지만……."

이민준은 고개를 끄덕이며 말했다.

"전쟁에서는 결코 승리만 있을 수 없는 법입니다. 특히나 병력이 어마어마한 대군을 상대할 때는 더욱 그런 법이지요."

잠시 주변을 둘러보았다. 그러자 회의실에 있는 사람들이 순간 기대에 찬 눈을 빛내며 이민준을 바라보았다.

언제고 해결책을 내주는 리더.

그게 아니더라도 뭔가 타개책을 가지고 있는 리더이기도 했다.

그렇기에 조직원들은 이렇게 자신만만한 대표를 보면 이상하게도 희망을 품곤 했다.

그래. 그렇게 희망찬 눈빛을 가져야지!

이민준은 계속해서 말을 이었다.

"소나기는 피하라고 했습니다. 저들은 소나기입니다. 잠시 피해 있읍시다. 돈으로 사들인 근본 없는 용병들이 날뛰게 두는 겁니다. 소나기가 지나면 힘없는 나뭇잎은 떨어져 나가고, 진짜 전쟁이 시작될 겁니다."

물 컵으로 살짝 입술을 적신 후 계속해서 말했다.

"우리는 정예병입니다. 한 분 한 분이 적들과 맞서 일당

백 아닙니까?"

"맞습니다!"

"그렇습니다, 대표님!"

이민준의 말에 힘이 생겼던지 모두의 얼굴에 조금씩 자신감이 붙기 시작했다.

"이 소나기가 지나면 제대로 붙어 볼 수 있을 겁니다."

이민준의 말에 잠시 고개를 갸웃한 안이성이 말했다.

"하지만 대표님, 그것도 뭔가 핵심적인 한 방이 필요한 것 아닙니까? 이미 빼앗긴 시장을 찾아오는 일입니다. 그런데 우리는 자본도, 그렇다고 뒤에서 밀어주는 배경도 없지 않습니까?"

이민준은 고개를 끄덕였다.

안이성 부장이 무얼 말하고 싶어 하는지를 아니까.

적들의 인해전술을 이기기 위해선 우리도 병력이 필요한 게 아니냐는 말이다.

이민준은 침착한 표정으로 말했다.

"그동안 전산 개발팀에서 진행하는 일을 제가 기밀로 유지한 걸 알고 계실 겁니다."

회의실에 있는 모두가 고개를 끄덕였다.

자신들의 대표가 컴퓨터 천재라는 노영인을 영입한 이후, 마치 외계인이라도 납치한 사람처럼 보안에 신경을 썼으니까.

다들 대표가 기밀로 하는 기술이 무엇인지를 궁금해하고 있던 차였다.

이민준은 모두를 돌아보며 말했다.

"대군과 싸우는 데는 굳이 같은 병력으로 응수할 필요는 없습니다. 적들이 창과 검을 든 재래식 병력으로 덤빈다면 우린 첨단 무기로 싸워야죠."

웅성- 웅성-

순간 회의실이 소란스러워졌다.

대표가 뭔가 강력한 걸 준비했다는 걸 이제야 눈치를 챈 듯싶었다.

드륵-

이민준은 자리에서 일어났다. 그러고는 문을 가리키며 말했다.

"저는 오늘 전산 개발팀으로부터 기분 좋은 소식을 들었습니다. 드디어 우리의 첨단 무기 개발이 완료되었다는군요. 여러분께 소개하겠습니다. 노영인 팀장님?"

덜컥-

회의실의 문이 열렸다. 그러자 모두의 시선이 출입문 쪽으로 쏠렸다.

제5장

메이던 지역

"흠흠."

노영인 팀장이 어색한 표정으로 들어섰다.

개발과 프로그래밍에서는 타의 추종을 불허하는 천재지만, 많은 사람의 시선을 받는 건 아무래도 부담스러운 듯 싶었다.

터걱-

그리고 그 뒤를 이어서 진태훈 팀장이 들어왔다.

그는 꽤 자신감이 넘치는 표정이었다.

아니, 자신감을 넘어 조금은 흥분을 한 것처럼 보이기도 했다.

그럴 만큼 자신들의 결과물이 만족스럽다는 뜻일 거다.

이민준은 진태훈 팀장의 표정을 그렇게 받아들였다.

"안녕하십니까? 전산 개발팀의 진태훈입니다."

"네, 흠! 저는, 예, 그러니까 팀장입니다. 아니, 그러니까 노영인이죠."

어찌나 긴장했던지 노영인이 말을 더듬거렸다.

그러자,

"에이! 노 팀장님, 왜 긴장을 하고 그래요? 우리 다 같은 식군데요."

"맞아요. 그냥 편하게 생각하세요. 저희한테 뭐 팔려는 거 아니잖아요?"

"하하하."

"후후후."

간부급 직원들의 부드러운 농담으로 회의실 분위기는 한결 부드러워졌다.

물론 거기엔 노영인 팀장도 포함되고 말이다.

"하, 하하! 그, 그렇죠. 제가 뭘 팔겠어요?"

이민준은 미소 띤 얼굴로 직원들을 돌아봤다.

비록 어려운 시점이긴 했지만, 직원들이 서로를 아끼며 함께 앞으로 나아가고자 하는 의지가 빛났기에 기분이 좋았던 거였다.

타닥-

편안한 표정이 된 노영인은 자신이 가지고 온 USB를 노

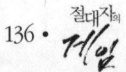

트북에 연결했다. 그러자 프레젠테이션 내용이 스크린에 떴다.

발표는 진태훈이 도왔다.

이런 종류의 프레젠테이션이 익숙하지 않은 노영인을 배려하기 위해 이민준이 제안을 한 거였다.

진태훈이 말했다.

"여러분들도 아시다시피 우리는 현재 대기업의 비호를 받고 있는 티엘과 전면전을 준비 중입니다."

회의실에 있는 모두가 고개를 끄덕였다.

그건 조금 전 안이성 부장의 발표에서도 알 수 있는 내용이었으니 말이다.

진태훈이 계속해서 말했다.

"사실 이 문제는 오래전부터 우리 대표님께서 저희 개발팀에 요구하셨던 부분이기도 합니다."

진태훈의 말에 모두의 시선이 이민준에게 달려들었다. 진태훈이 아닌 이민준의 입을 통해서 듣고 싶다는 듯 말이다.

분위기가 이랬기에 피할 수는 없는 거였다.

이민준은 진태훈을 쳐다봤다. 그러자 진태훈이 직접 이야기를 해 달라는 것처럼 손짓했다.

고개를 끄덕인 이민준은 부드러운 표정으로 말했다.

"제가 가장 고민했던 부분은 온라인 판매의 단점에 대해서입니다. 온라인 매장은 오프라인 매장처럼 옷을 입어 볼 수도 없고, 안경을 써 볼 수도 없으니 말입니다."

"태생적인 문제라고도 볼 수 있죠. 온라인은 체험이 불가하니까요."

"최 과장님이 말한 대로입니다. 체험이 불가하다. 그래서 저는 그 점에 집중했습니다. 다른 업체와 차별화를 둘 수 있는 체험이 가능한 온라인 쇼핑몰을 말입니다."

"하지만 그건 기술적인 문제가 있지 않습니까?"

"용량에도 문제가 될 수도 있죠."

이민준의 말에 회의실에 있는 사람들이 웅성거리기 시작했다.

체험이 가능한 온라인 쇼핑몰에는 여러 가지 제약이 따른다.

구매자의 체형이나 집안 구조, 혹은 구매자의 얼굴 형태 등.

온라인을 통해 직접 제품을 사용해 보고, 입어 보는 등의 경험을 제공하는 게 과연 쉬운 일일까?

이민준은 잠시 뜸을 들였다. 회의실이 잠잠해지기를 기다린 거다.

그런 대표의 생각을 눈치챘는지 직원들이 서로 눈치를 주며 웅성거림을 멈췄다.

이민준은 그제야 입을 열었다.

"제가 노영인 팀장님을 영입하기 위해 열을 올렸던 이유

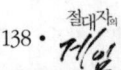

가 바로 그것입니다. 기술적인 부분의 해결."

모두의 시선이 노영인에게 달려들었다.

"흠흠."

그러자 노영인이 어색한 표정으로 뒷머리를 긁적였다.

이민준은 계속해서 말했다.

"지금부터 우리 SH 무역의 새로운 온라인 쇼핑몰에 대해서 노영인 팀장님이 설명해 주실 겁니다."

"예. 흠! 그럼 제가 설명을 하겠습니다."

이민준이 전해 준 배턴을 노영인이 이어받았다.

노영인이 고개를 끄덕였다.

그러자,

딸깍-

진태훈이 노트북을 조작해 스크린에 떠 있는 화면을 바꿨다.

노영인이 말했다.

"에. 그러니까 지금 보시는 게 기존의 온라인 쇼핑몰입니다. 이렇게, 그리고 이렇게 사진으로 제품을 설명하죠. 뭐, 컴퓨터나 휴대 전화기처럼 기성품이면 대부분 제품 규격을 통해서 구매를 결정하곤 합니다. 다음."

딸깍-

화면이 바뀌었다.

이번엔 잘생기고 예쁜 모델들이 화려한 옷을 입은 채로

자세를 잡은 사진이 나왔다.

노영인이 계속해서 말했다.

"가장 문제가 되는 부분은 바로 패션 쪽입니다. 그리고 그중에서도 의류가 가장 크죠. 모델들이 다들 예쁘고 잘생겼죠? 하지만 막상 옷을 주문하면, 다음."

딸깍-

화면에 일반인 체형을 가진 사람이 나왔는데, 조금 전 모델들이 입고 있던 똑같은 옷을 입고 있었다.

"이런 참사가 벌어집니다."

"풉!"

"크크크!"

"맞아. 나도 당해 봤어."

분명 같은 옷이었다.

모델이 입고 있었던 멋지고 예쁜 옷.

하지만 그걸 일반인이 입으니 옷 태도 안 나고, 어설픈 거적때기를 뒤집어쓴 느낌이기도 했다.

누군들 이런 걸 안 당해 봤을까?

자신의 체형과 피부색을 고려하지 않은 구매가 불러온 참사였다.

옷을 직접 입어 보지 않았기에 벌어지는 일.

온라인 매장에서 옷을 사는 게 꺼려지는 이유이기도 했다.

저격-

노영인이 여자인 최영미 과장에게 다가가 말했다.

"괜찮으시다면 휴대 전화기를 좀 빌려주시겠어요? 새로 개발한 프로그램을 설명하기 위해서입니다."

회의실에 있는 직원들 덕분에 자신감을 찾은 노영인이 거침없이 행동하기 시작했다.

"그, 그래요."

최영미 과장이 자신의 휴대 전화기를 노영인에게 전해 주었다. 그러자 노영인이 휴대 전화기를 들고는 말했다.

"사람들이 많이 쓰는 기종이군요. 자, 그럼 여기에 이번에 개발한 우리 회사의 쇼핑몰 앱을 깔아 보겠습니다."

노영인이 휴대 전화기를 조작하는 데는 불과 1~2분이 걸리지 않았다.

노영인이 물었다.

"참, 최 과장님, 혹시 휴대 전화기 안에 최 과장님의 사진이 있나요? 특히 전신 사진이요."

"네, 그럼요. 물론이죠."

"좋습니다. 그럼 이렇게 앱을 실행해서 패션 메뉴를 선택합니다. 그리고 체험 설정으로 들어가서 카메라를 선택하세요. 그러고는, 최 과장님 얼굴 사진 한 장 찍어도 괜찮을까요?"

"뭐, 문제 될 거 없죠."

찰칵-

노영인이 최영미 과장의 사진을 찍은 후 설명을 이었다.

"이렇게 우리 쇼핑몰 앱이 대상의 얼굴을 확인하고는 사진첩을 확인합니다. 제가 개발한 프로그램은 우리나라에서 판매되고 있는 휴대전화의 기종, 카메라의 특징 등을 90퍼센트 넘게 알고 있습니다."

터걱- 터걱-

노트북 쪽으로 다가간 노영인이 계속해서 말했다.

"해당 휴대전화의 카메라로 찍은 사진을 우리 프로그램이 분석할 겁니다. 물론 포토샵 된 사진은 알아서 제외됩니다. 그렇게 분석하는 거죠. 구매자의 체형, 얼굴 모양, 그리고 특징까지도요. 가장 좋은 건 옷을 입지 않은 전신 사진이 좋습니다."

노영인이 휴대전화의 무선 기능을 이용해 노트북에 연결했다. 그러자 휴대전화의 모습이 스크린에 나타났다.

"자, 지금부터가 우리 쇼핑몰의 첨단 기능입니다. 쇼핑몰에 있는 이 옷을 골라서 입어 보기를 선택하면……."

"어?"

"뭐야? 진짜야?"

"세상에!"

화면에는 최영미 과장의 모습이 나타났다. 그러고는 그녀가 마치 모델처럼 쇼핑몰에 있는 옷을 입은 채로 자세를

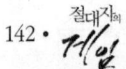

잡고 있었다.

이건 사진이라기보단 오히려 3D 영상이라고 표현하는 게 맞을 듯싶었다.

사진이 옆으로, 그리고 위로, 아래로 움직였으니 말이다.

노영인이 말을 이었다.

"이렇게 보면 치수가 짧다는 걸 알 수 있습니다. 그럼 치수에 맞는 옷을 선택하면 프로그램이 자동으로 찾아 주죠. 자, 최적화된 옷입니다."

"우와!"

"이게 정말 가능한 겁니까?"

직원들이 놀라자 진태훈이 미소 띤 얼굴로 말했다.

"궁금하시면 제가 알려 드리는 주소로 가서 앱을 다운받아 보세요. 우리 직원끼리는 체험을 해 보는 것도 좋을 것 같다고 대표님께서 말씀하셨거든요."

진태훈의 말에 회의실에 있는 직원들이 너도나도 앱을 다운받아서 실행했다.

다들 사진을 찍어 체험하기를 하느라 정신이 없었다.

이민준은 흡족한 미소로 직원들을 바라보았다.

같은 회사의 직원들 반응도 이 정도인데, 이 쇼핑몰이 세상에 공개되면 어떤 파장이 있을까?

"와! 끝내준다. 하하! 이건 그저 그런 3D 렌더링 수준이 아니라 그냥 실사네요, 실사."

"대표님, 이 정도면 온라인 쇼핑의 혁명 수준입니다."

"맞습니다. 이거 시도했다가 안 돼서 포기한 회사들이 하나둘이 아닌데! 우와!"

만족도가 상당한 듯싶었다.

그때였다.

"흠흠."

노영인이 아직 발표가 끝나지 않았다는 듯 모두의 시선을 다시금 불러들였다. 그러고는 말했다.

"앞으로 우리가 서비스하게 될 쇼핑몰의 기능이 이걸로 끝이 아닙니다."

모두가 궁금하다는 눈으로 자신을 쳐다보자 노영인이 살짝 미소를 지었다.

잔뜩 긴장했던 처음과는 달리 이제는 제법 발표를 즐기는 모습이었다.

노영인이 말했다.

"어느 날 길을 가다가 마음에 드는 물건을 발견합니다. 그런데 아무리 봐도 어디 상표인지, 또는 어디서 파는 물건인지를 알 수가 없습니다. 예를 들면, 그래요. 여기 이 펜이라고 합시다."

노영인이 책상에 있는 펜을 가지고 와서는 자신 앞에 놓았다.

"이럴 땐 우리 쇼핑몰 앱을 실행합니다. 그러고는 제품 찾

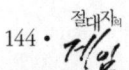

기를 해서 카메라로 사진을 찍으면…….”

찰칵-

시간은 고작해야 5초를 넘기지 않았다.

스크린에 조금 전 사진을 찍은 펜에 대한 정보와 쇼핑몰에서 판매하고 있는 제품에 관한 내용이 나타났다.

"허어!"

"이게 정말 된다고?"

직원 모두 놀란 얼굴이었다. 그러자 노영인이 말했다.

"대표님이 아이디어를 주신 건 휴대전화 카메라를 이용한 분석과 매치 프로그램입니다. 이런 것뿐만 아니라 안경테를 살 때나, 여자들의 색조 화장품을 살 때도 가능한 기능입니다."

"이런 게 가능하다면 적용 분야가 무궁무진하겠는데요?"

"맞습니다, 안이성 부장님. 그래서 보안 관련 부분과 군사 기술에 관한 부분에 특허를 출원하기도 했습니다."

웅성웅성-

회의실이 다시 한 번 소란스러워졌다.

이건 정말 획기적인 기술이었다.

휴대전화 카메라가 마치 살아 있는 사람의 눈처럼 모든 걸 판독하는 기능.

노영인이 말한 것처럼 이건 비단 쇼핑몰에만 제한된 기술이 아니었다.

이런 기술이라면 집 안에 가구를 들이지 않고도 어떤 모습이 될지도 알 수 있을 거고, 직접 커튼을 설치해 보지 않아도 어떤 모습이 될지를 알게 되는 거다.

다른 쇼핑몰들은 절대 따라올 수 없는 경쟁력.

티엘과의 싸움에서 필승 전략이 될 건 열어 보지 않아도 알 수 있는 일이었다.

"대표님! 이건 정말 대박입니다!"

"맞습니다! 와! 이렇게 된 이상 우리 쇼핑몰이 국내에서만 제한될 게 아니라, 세계시장을 노려볼 만도 합니다."

"맞아요. 이런 기술을 가지고 있다면 많은 업체가 우리 회사와 손을 잡으려고 할 겁니다."

간부급 직원들이 기대에 찬 눈빛으로 말했다.

물론 좋은 기술이 있다고 해서 모두 성공하는 건 아니었다.

하지만 구성원들이 함께 호응해 준다면 이민준은 이 기술을 성공시킬 자신이 있었다.

고개를 끄덕인 이민준은 모두를 보며 말했다.

"지금부터가 중요합니다. 저는 티엘이라는 소나기가 끝나는 시점에서 우리의 새로운 쇼핑몰을 세상에 선보일 생각입니다. 그러니 그때까지는 모두 기밀을 유지해 주세요."

"알겠습니다."

"당연합니다. 우리의 사활이 걸린 문제인걸요."

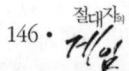

"됐어! 이거면 확실한 거야!"

회의 초반, 절망적이었던 분위기는 어느새 희망 가득한 분위기로 바뀌어 있었다.

사기가 오른 직원들.

이민준은 뿌듯한 마음으로 직원들을 바라보았다.

※ ※ ※

후우욱-

게임으로 들어오자 어렴풋하게 동이 트고 있는 게 보였다.

이민준은 서둘러 일행들이 있는 곳으로 향했다.

그때였다.

띵-

[상처 : 두 번째 성지가 완벽하게 가동되었습니다. 그러므로 세 번째 성지 퀘스트가 주어집니다.]

때마침 기다리고 있던 세 번째 퀘스트가 공개되었다.

이민준은 기대에 찬 시선으로 세 번째 퀘스트를 기다렸다.

띵-

[상처 : 레어 퀘스트에 부과된 개별 퀘스트가 생성됩니다.]

세 번째 퀘스트 지역은 역시나 동부 지역에 위치한 '메이던'이었다.

설명에 따르면 이곳은 원래부터 마기가 강했던 지역이라고 했다. 마기에 휩싸이기 전, 가장 아름답다던 드아빌과는 대조적이었다.

그리고 이곳에는 오래전부터 주신의 성지가 존재했기에 다른 곳과는 달리 굳이 숨겨진 성지를 찾을 필요도 없다는 거였다.

'그럼 뭐야? 그냥 찾아만 가면 해결되는 건가?'

이민준은 고개를 흔들었다.

그럴 리는 없을 테니까.

그러고 보니 주어진 정보에는 퀘스트 수행 방법이 나와 있지 않았다.

이민준은 퀘스트창을 조정해서 특이 사항부터 확인했다.

'음?'

그러자 눈에 띄는 부분이 있었다.

'루나의 레벨을 188까지 올려야 한다고?'

이번 퀘스트의 조건에는 루나의 레벨이 걸려 있었다.

어째서일까?

그렇게 생각하자 퀘스트창에 새로운 정보가 떠올랐다.

띵-

[상처 : 주신의 세 번째 성지는 유명한 연금술사 포일런

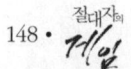

에 의해서 지어졌습니다. 연금술로 만들어진 성지인 만큼 이곳을 활성화하기 위해선 고레벨의 연금술사가 필요합니다.]

이민준은 고개를 끄덕였다.

결국 루나의 스킬이 있어야 세 번째 성지를 활성화할 수 있다는 말일 것이다.

'그렇다면 이건 다른 퀘스트들보다 훨씬 쉬운 건데?'

생각해 보니 그랬다.

킹 섀도우 나이트 때처럼 특정 종족의 존망이 걸린 문제도 아니고, 크마시온 때처럼 녀석의 목숨을 요구하는 것도 아니었다.

단지 루나의 레벨을 200도 아닌 188까지만 올리면 그만인 거다.

물론 현재 루나의 레벨이 160이긴 했다.

하지만 레벨을 올리는 건 누군가의 목숨을 요구하는 것보다 훨씬 쉬운 일이다.

더군다나 이민준과 함께 사냥한다면 레벨 업 버프를 받아 금세 레벨을 올릴 수 있을 테니 말이다.

이민준은 뜻밖에 쉬운 퀘스트 덕분에 마음이 가벼워짐을 느꼈다.

그렇다면 보상은?

보상을 확인했다.

> 퀘스트 보상 : 현금 200억 원
> 리얼 타임 : 10,000시간
> 생명의 정수 : 1개
> 경험치 : 100%
> 영혼력 : 9%

'어?'

보상이 생각 이상으로 후했다.

주는 돈이 꽤 많은 건 물론이거니와 10,000시간의 리얼 타임까지.

경험치는 또 어떤가?

100퍼센트면 레벨을 하나 올리는 수준이다.

거기에 두 번째 퀘스트를 끝내면서 영혼력을 31퍼센트까지 끌어 올렸는데, 이번 퀘스트까지 끝내면?

무려 40퍼센트의 영혼력을 획득하는 거다.

이건 짭짤하다 못해 빵빵한 보상이었다.

하지만 다른 보상을 모두 차치하고라도 가장 시선이 끌리는 건 바로 생명의 정수였다.

현재 이민준이 가진 생명의 정수는 하나.

모든 조건이 갖춰진다고 해도 자신만이 게임을 빠져나갈 수 있는 수준이었다.

그런데 거기에 생명의 정수를 하나 더 준단다.

미안한 생각이지만, 지금 머릿속에 떠오르는 건 앨리스뿐이었다.

'그래. 그녀를 현실로 돌려보내 줄 수 있게 되는 거야.'

그렇게 생각하니 심장이 마구 뛰기 시작했다.

현실에서 편성지를 만난다는 건 꽤 설레는 기분이기도 했다.

이민준은 고개를 흔들었다.

"후우! 일단은 세 번째 퀘스트에 집중하자!"

이미 퀘스트가 공개되었으니 더 이상 시간을 끌 이유는 없었다.

이민준은 서둘러 크리스탄 성의 연병장으로 향했다.

"아이고, 감사합니다. 이제야 몸이 편해졌습니다."

"아아, 신의 가호가 있기를! 정말 감사한 분들이에요."

"흐으! 한결 살 것 같네요. 정말, 정말 고맙습니다."

마을 주민들이 에리네스와 루나, 그리고 앨리스에게 감사의 인사를 전하고 있었다.

대충 보기에도 이곳에서의 일이 마무리된 것 같았다.

이민준은 카소돈에게 다가가 다음 퀘스트에 대해 이야기해 주었다.

"호오! 이건 의외로 간단한 퀘스트군요."

주신의 사제도 이민준과 같은 생각을 하는 것 같았다.

"서둘러 루나 양의 레벨을 올리면 되겠군요!"

카소돈이 밝은 표정으로 한 말이었다.

물론 그렇다고 해서 레벨 업이 쉬운 건 아니었다.

이민준이 아닌 다른 사람에게 이런 퀘스트가 주어졌다면 아마도 머리를 쥐어뜯었을 테니 말이다.

그럴 만큼 이민준이 가진 레벨 업 버프는 절대자의 게임 세상에선 엄청나게 좋은 능력이었다.

카소돈이 말했다.

"조금 전 인근 영지의 영주가 도착하기도 했습니다. 앨리스 양 대신 그분이 이곳을 정리하면 될 겁니다. 굳이 시간을 끌 것도 없습니다. 일행들 모두 준비가 되었을 테니 이곳과는 그만 작별을 해야겠군요."

카소돈 또한 주신의 퀘스트를 상당히 중요하게 여기고 있는 게 분명했다.

왜 아니겠는가?

그는 누구도 아닌 바로 할루스의 사제다.

그리고 그의 주장처럼 일행들이 이곳에 줄 수 있는 모든 도움을 주었으니, 자신들은 떠나도 상관이 없는 거다.

이민준 또한 카소돈의 의견에 동의하니까.

"그럼 서두르도록 하지요."

이민준은 일행들에게 동시에 텔레파시를 전했다.

"정말 감사합니다."

"잊지 말고 꼭 들러 주세요!"

"이 은혜! 절대 잊지 않겠습니다!"

마을 사람들이 크리스탄 성의 바깥까지 나와서는 눈물을 흘리며 이민준과 일행들을 배웅해 주었다.

예정대로라면 30분 전에 떠났어야 했지만 그러지를 못했다.

마을을 떠나야 한다는 말에 주민들이 너도나도 달려와 계속해서 인사를 했기 때문이었다.

이민준은 고개를 끄덕였다.

감사한 마음을 표시하겠다는데, 그걸 또 냉정하게 잘라내는 것도 예의는 아닌 거다.

차라리 순박한 사람들에게 30분을 할애하는 게 낫다는 판단이었다.

그나마 다행인 건 이제라도 끝이 났다는 거였다.

스슥-

이민준은 이동 마법 주문서를 꺼내서는 아서베닝에게 전했다.

메이던에서 가장 가까운 이동 마법진이 있는 베이프룬 해안으로 가는 주문서였다.

"가자, 베닝아."

"네, 형. 모두 준비하세요."

일행들은 웃으며 마을 사람들에게 손을 흔들어 주었고,
"자! 갑니다!"
아서베닝은 간단하게 주문을 외워 단체 이동 마법을 시전했다.

화으윽-
비누 거품 같은 보호막이 사라지자 동부 연안의 아름다운 바다가 시선에 들어왔다.
"와! 동부 연안 쪽은 정말 텔레포트하는 맛이 다르네요!"
아름다운 아침 바다에 감동한 루나가 양손을 가슴 앞으로 모으며 한 말이었다.
"그러게. 동부는 올 때마다 참 좋은 거 같아."
에리네스도 인정한다는 듯 고개를 끄덕였다.
해가 뜬 지 얼마 되지 않은 바다다.
붉은 기운은 많이 가셨지만, 청량감을 주는 아침의 태양과 일렁이는 푸른 바다는 보는 이로 하여금 감탄을 자아내게 하고 있었다.
'게임 세상이 아름답다는 걸 또 까먹고 있었네.'
현실에서는 절대 경험하지 못할 엄청난 장관들을 종종 마주하면서도 그걸 즐길 여유가 없었던 거였다. 항상 목숨이 왔다 갔다 하는 상황이 들이닥치니 말이다.
이민준은 잠시 바다를 바라보며 마음을 가라앉혔다.

가끔은 이런 여유를 즐기고 싶은 욕망이 가슴속 깊은 곳에서 꿈틀거리고 있었다.

'아니지.'

그러다 이내 고개를 흔들었다.

계속 감상을 하고 싶었지만 그럴 수는 없었다. 해야 할 일이 있으니 말이다.

이민준은 지도를 눈앞에 띄워서는 가야 할 길을 확인했다.

이동 마법진이 있는 곳에서 가장 가까운 성은 대략 한 시간 내외 거리에 있는 자둘 성이었다.

탈것을 구하려면 저곳에 들러야 했다.

루나의 마차가 있었다면 특별히 자둘 성에 들를 필요는 없을 테지만, 그렇지가 않았다.

루나의 마차가 박살이 났기 때문이었다.

어째서 그렇게 됐느냐고?

트리움의 기운 때문에 크마시온의 목숨이 경각에 달했던 때였다.

그러니까 급하게 드아빌 지역에 도착했을 당시 말이다.

스피드광인 아서베닝이 감당하기 어려운 속도로 마차를 운행한 덕분에, 마차가 거의 부서지기 일보 직전에 다다랐었다.

물론 당시 여유가 좀 있었다면 아서베닝이 마법으로 마차를 원상 복구시켰을지도 모를 일이었다.

하지만 그 당시에는 마차를 신경 쓰기보다 크마시온을 살리는 일에 더욱 정신이 팔려 있었기에 어쩔 수 없었다.

다시금 마차를 확인했을 때는 완전히 재로 변해 있었으니까.

'후우! 어쩔 수 없는 일이지.'

크마시온을 살리는 과정에서 마차가 망가진 거니, 그거에 대해서는 따로 할 말이 없는 거다.

생각을 정리한 이민준은 일행들에게 말했다.

"시간이 조금 걸리긴 하겠지만, 여기서 자둘 성으로 이동해야 할 거 같아요."

"해안 길을 따라 걷는다면 그것만큼 좋은 것도 없죠."

"맞아요, 언니! 저도 좋아요!"

루나가 앨리스의 팔짱을 끼면서 그녀의 말에 동조했다.

어느새 일행들에게도 마음을 열고 있는 루나였다.

정말 보기 좋은 광경이었다.

이민준은 고개를 끄덕이며 말했다.

"좋습니다. 시간 낭비하지 말고 출발하죠."

"네, 그래요."

"후후! 그럽시다."

이민준은 일행들과 함께 자둘 성을 향해 걸었다.

"연금술사 포일런이라고요?"

멀리 자둘 성이 보일 때였다.

이민준의 말을 들은 루나가 눈을 동그랗게 뜨며 반문을 했다.

이민준은 고개를 갸웃하며 말했다.

"응, 맞아. 포일런. 꽤 오래전 사람이라고 하던데? 들어 본 적 있는 거야?"

"들어 본 적 있죠. 저도 연금술사잖아요. 우리 쪽에서는 상당히 알려진 인물이기도 해요."

"그렇구나. 아무튼 이번 퀘스트가 그렇다는 거야. 그러니까 무엇보다 네 레벨을 올리는 게 중요하다고."

"아, 네. 알았어요."

대답을 한 루나가 시무룩한 표정을 지었다.

왜 그러지?

이민준은 걱정스러운 눈으로 루나를 바라보았다.

루나가 레벨을 올리는 건 어려운 일이 아니었다.

레벨 업 버프를 제공하는 이민준이 있는 건 물론이고, 언제고 줄어든 생명력을 한 번에 꽉 채워 줄 수 있는 고레벨 힐러 에리네스까지 동행을 하고 있으니 말이다.

그뿐일까?

최고의 마법 생명체인 드래곤과 이젠 지존 레벨에 다다른 슈퍼 리치, 그리고 몸빵을 해 줄 킹 섀도우 나이트도 같은 일행이었다.

레벨 업을 위한 사냥이 무엇보다 안전하고 효율적이란 말이다.

그런데 대체 뭐가 루나를 걱정하게 만든단 말인가?

마음에 걸리는 건 그냥 넘어가선 안 될 일이었다.

이민준은 조심스럽게 루나에게 물었다.

"루나야, 뭐 걱정되는 게 있어?"

그러자 잠시 머뭇거린 루나가 이민준을 바라보며 대답했다.

"그, 연금술사 포일런이요. 저희 쪽에선 영웅이라기보단 망령으로 통하는 인물이에요."

"망령?"

"네. 그러니까 유령이라는 소리죠."

유령?

"무슨 마계의 몬스터 같은 존재인 거야?"

"아니요. 유령은 마계와는 상관이 없어요. 그건 그러니까 영혼과 상관이 있다고 봐야죠."

영혼이라.

그러고 보니 이곳 게임 세상에는 영혼이라는 개념이 존재했다.

또한 그건 천계의 천사나 마계의 악마와도 다른 개념이기도 하고 말이다.

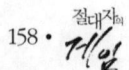

왜 아니겠는가?

이민준도 몬스터들의 영혼을 이용해서 무기로 사용하지 않았던가?

그렇다는 건, 이 세상에 영혼이나 유령 같은 게 존재한다는 뜻이 되는 거다.

'맞다!'

그렇게 생각하니 팍! 하고 떠오르는 인물이 있었다.

'지그문트!'

게임 세상에 들어왔을 때 이민준에게 첫 퀘스트를 선사한 수도사였다.

주신의 펜던트를 찾아 달라며 부탁을 했던 맥주 좋아하게 생긴 수도사 말이다.

주신의 수도사!

유령 사기꾼!

물론 그 양반 덕분에 고생하긴 했어도 막강한 주신의 힘을 얻었으니 미워할 이유는 없는 거였다.

고개를 흔든 이민준은 루나에게 물었다.

"그럼 네 말은 포일런이 유령 상태로 남아 있다는 거야?"

"오빠가 말한 퀘스트가 맞다면 그럴 가능성이 있어요."

"그래서 그렇게 걱정스러운 표정을 짓고 있는 거고?"

"윽! 그렇잖아요. 자칫 제가 유령을 상대해야 할 수도 있는 건데요."

그게 그렇게 되는 건가?

이번 퀘스트는 포일런이 만든 주신의 성전을 활성화하는 일이다. 그리고 루나의 레벨을 올려야 한다는 조건이 내붙기도 했고 말이다.

그런 몇 가지 조건을 보았을 때, 루나가 그런 걱정을 할 여지는 충분히 있었다.

하지만 그렇다고 그게 유령을 상대해야 하는 일은 아니지 않은가?

이민준은 미소 띤 얼굴로 말했다.

"그냥 네가 레벨을 올려서 스킬을 사용하면 되는 퀘스트가 아닐까? 굳이 네가 유령을 상대할 일이 어디 있겠어?"

대답은 엉뚱하게도 루나가 아닌 카소돈에게서 넘어왔다.

"흐음, 가만히 듣고 보니 루나 양의 의견이 맞는 것 같군요."

"네에?"

이민준은 놀란 눈으로 카소돈을 쳐다보았다.

제6장

21그램

카소돈이 가까이 다가오며 말했다.
"포일런은 저희 쪽에도 알려진 인물입니다."
이민준은 카소돈에게 시선을 옮기며 물었다.
"그럼 포일런도 할루스 교의 신자였단 말씀이세요?"
"그건 아닙니다."
"신자가 아닌데도 알고 계신다고요?"
"그렇습니다. 그는 할루스 교단과는 아무런 관계가 없는 인물입니다."
이민준은 고개를 갸웃했다.
할루스 교의 신자도 아닌 사람이 뭐하러 주신의 성지에 성전을 만들었단 말인가?

그런 이민준의 표정을 읽었는지 카소돈이 먼저 대답했다.

"한니발 님도 아시겠지만, 숨겨진 일곱 성지는 우리 교단에도 알려지지 않은 내용이었습니다."

이민준은 고개를 끄덕였다.

일곱 성지는 주신의 의도대로 오랜 기간 아무도 모르게 숨겨져 있었으니 말이다.

잠시 생각을 정리한 이민준은 다시금 카소돈에게 물었다.

"그럼 카소돈 님도 포일런이 주신을 위한 성지를 건설했다는 걸 전혀 모르셨다는 말씀이신 거죠?"

"그렇습니다. 그자는 오히려 신을 배척했던 인물로 알려져 있으니까요."

신을 배척했던 사람이란 말이지?

"혹시 포일런이 다른 곳에서라도 연금술을 이용해 주신과 관련된 건축물을 지은 적은 없었나요?"

"제가 아는 바로는 없었습니다."

카소돈은 할루스 교의 기나긴 역사에 정통해 있는 사제다. 그런 사람의 말이라면 틀림이 없을 것이다.

그러다 문득 이상한 생각이 들었다.

이민준은 고개를 흔들며 물었다.

"그런데 조금 전에는 루나의 의견에 동의한다셨잖아요. 이유가 있나요?"

"그건 제가 알고 있는 포일런이라는 연금술사의 성향 때

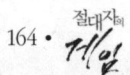

문이었습니다."

"그게 어떤 거죠?"

이민준의 물음에 점잖은 미소를 지은 카소돈이 말했다.

"포일런은 영생을 꿈꾸었던 사람입니다."

영생을 꿈꾸었다라.

그 말을 듣자 떠오르는 인물이 있었다.

"크마시온처럼 말이죠?"

"그렇습니다."

달그락- 달그락-

이민준의 입에서 자신의 이름이 거론되자 화들짝 놀란 크마시온이 뒤를 돌아보았고, 이민준은 별일 아니라는 듯 손을 들어 주었다. 그러고는 물었다.

"그럼 그자도 마기의 힘에 의존한 건가요?"

"아닙니다. 포일런은 오히려 신과 악마의 능력을 멀리했죠. 과학의 힘을 맹신했으니까요. 그래서 알고 있는 겁니다. 포일런은 할루스를 배척한 유명한 인물이거든요."

이민준은 고개를 끄덕였다.

할루스를 배척한 인물.

그런데 그런 자가 대체 왜 주신의 성지에 성전을 건설한 걸까?

"혹시 카소돈 님은 짐작이 가는 게 있으세요?"

"포일런이 주신의 성지에 관여를 한 일 말씀이시죠?"

"그렇습니다."

"포일런은 결국 영생에 대한 해답을 찾지 못한 겁니다. 아마 그래서 주신의 성지를 찾은 거겠죠."

이민준은 잠시 생각을 정리했다. 뭔가를 알 것 같았기 때문이다.

자신이 맹신했던 과학의 힘으로 영생을 얻으려 했던 연금술사.

그런 자가 주신의 성지를 찾아 성전을 만든 거라면?

"설마 포일런이 주신의 힘을 과학적으로 이용하려 했다는 말씀이세요?"

카소돈이 고개를 끄덕였다.

'신기한 사람일세.'

끝내 부정했던 신의 힘을 과학적으로 이용하려 했다니.

그런 이민준의 얼굴을 재밌다는 표정으로 바라본 카소돈이 말했다.

"포일런은 독특한 사람이었습니다. 그는 신과 인간이 다르지 않다고 믿었거든요. 그는 신이 동경의 대상이 아닌, 단지 조금 뛰어난 또 하나의 인간으로 봤습니다. 그래서 연금술이 발달한다면 신과 인간이 다르지 않을 거라 믿기도 했고요."

"흐음, 그렇군요."

그렇다면 어느 정도 이해가 되었다.

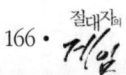

신이란 단지 인간보다 조금 더 뛰어난 능력을 가진 존재이니, 그자의 힘을 이용하자.

포일런이 주신의 세 번째 성지에 성전을 만든 이유일 거다.

할루스 교의 신자도 아니면서 할루스의 능력을 끌어다 쓰려는.

그러다 문득 이해가 가지 않는 부분이 떠올랐다.

대단한 인물이라도 그렇지, 옛날 사람인 포일런이 죽음으로 소멸하지 않고 유령이 되었다는 확신은 어디에서 나온 걸까?

이민준은 루나에게 물었다.

"근데 루나야, 아무리 포일런이라고 해도, 그러니까 신의 힘을 이용하려 한 사람이라고 해도 그자가 유령이 되었다고 보는 건 정말 힘든 거 아닐까?"

그러자 루나가 고개를 흔들며 말했다.

"포일런은 연금술사 최초로 지존의 레벨에 올라선 사람이에요. 그리고 그가 21그램 연금술을 최초로 만들어 냈기도 했고요."

"21그램 연금술?"

"네. 이건 꽤 유명한 연금술이에요. 사실 현실에서도 그런 실험을 한 의사가 있기도 하고요."

"그게 뭔데?"

"컵 속에 담긴 뜨거운 물이 기체로 변해서 날아가면 그만큼 컵의 무게가 줄잖아요?"

"그렇지."

"질량보존의 법칙에 착안해서 인간의 영혼의 무게를 실험한 의사가 있었어요."

질량보존의 법칙?

그건 질량불변의 법칙으로 불리기도 하는데, 화학 반응 전후 반응 물질의 전체 질량과 생성 물질의 전체 질량은 같다는 이론으로 이민준도 알고 있는 거였다.

이민준이 잠잠하자 살짝 짓궂은 표정을 지은 루나가 말을 이었다.

"던컨 맥더걸이라는 미국 의사인데, 이 사람이 영혼에 관한 실험을 한 거예요. 죽기 직전의 사람을 저울에 올려놓고요."

임종을 기다리는 사람을 저울에 올려놓고 무게를 쟀다고?

"그건 너무 비인간적인 거 아니냐?"

"그렇죠. 그나마 다행인 건 그 실험을 하던 당시가 1900년대 초반이었으니 큰 파장이 없었지, 요즘 시대였으면 댓글에 맞아 죽었을 거예요."

"후훗."

이민준은 댓글에 맞아 죽는다는 표현에 저도 모르게 웃음을 터트리고 말았다.

의외의 웃음 코드에 기분이 좋았던지 표정이 밝아진 루나가 말을 이었다.

"어쨌든 맥더걸은 이런 실험을 통해서 인간이 죽은 후 몸무게가 21그램이 줄어든다는 걸 증명했어요."

"뭐, 한두 사람이면 그렇게 신기한 것도 아니잖아."

"그렇죠. 그런데 실험을 한 사람 모두 공통적인 결론이 나온 거예요."

"그래?"

그건 꽤 신기한 일이었다. 하지만 그렇다고 해도 의문이 남는 건 어쩔 수 없었다.

이민준은 고개를 갸웃하며 물었다.

"하지만 사람이 죽으면 대소변이 빠져나오니, 그 무게가 줄어든 걸 수도 있잖아."

"맥더걸도 그걸 알고 있었어요. 그래서 특수 구조물을 만들어서 대소변도 빠져나가지 못하게 했대요."

"윽!"

이건 정말 비인간적으로 보였다.

어쨌든 그렇다고 해도 완전하게 이해가 되는 건 아니었다.

이민준은 다시 물었다.

"죽으면 숨이 빠져나가는 거 아니야? 죽으면서 후우 하고 숨을 내뱉잖아."

"맞아요. 근데 맥더걸도 알고 있었던지, 그렇다는 가정에서 사전 동일 구조물 위에서 숨을 크게 내쉬는 실험을 반복했대요. 그런데도 무게 변화는 없었대요."

"와."

정말 철두철미한 실험을 진행한 거 같았다.

또한 그렇다고 생각하니 왠지 섬뜩한 기분이 들기도 했다.

루나가 계속해서 말했다.

"뭐, 어쨌든 맥더걸은 그렇게 빠져나간 무게 21그램을 사람의 영혼이라고 믿었다고 하더라고요. 연속 실험을 거쳤는데 동일한 결과가 나온다는 게 대단하지 않아요?"

"그건 그렇지."

"설명이 길긴 했는데, 포일런도 같은 실험을 했었던지 인간의 영혼을 지상에 붙잡아 두는 연금술인 21그램을 만들어 냈다는 거죠."

"그럼 포일런이 유령이 되었을 거라고 믿는 이유가 바로?"

"맞아요. 지상계에 미련이 많은 포일런이 그냥 떠났을 리가 없죠. 영혼을 이용하는 법도 알았고요. 더군다나 그는 자신이 그렇게 싫어하는 주신의 힘까지 이용했잖아요."

이민준은 고개를 끄덕였다. 루나가 말했던 부분에 논리적

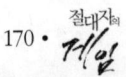

연결점이 만들어졌으니 말이다.

'유령이라.'

뭐, 그렇다고 해도 크게 문제가 될 것 같진 않았다.

고작해야 유령을 마주하는 거 아닌가?

'까짓것, 가서 부딪쳐 보면 답이 나오겠지.'

지금 무엇보다 중요한 건 루나의 레벨 업이었다.

이민준은 그 일에만 집중하고 싶었다.

"일단은 네 레벨 업에 집중하자, 루나야."

"알았어요, 오빠."

한참 떠들어 댄 덕분에 기분이 좋아졌는지 루나의 표정은 한층 더 밝아져 있었다.

이민준은 얼마 되지 않아 일행들과 함께 자둘 성에 도착할 수 있었다.

자둘 성은 예전 멸망 녀석 때문에 방문했던 사막의 우다비 성처럼 군사적인 목적으로 만들어진 곳이었다.

그렇기에 자둘 성에는 제국군 병사들만이 득실거리고 있었다.

이민준은 일행들에게 말했다.

"식사든 휴식이든, 이곳 성보다는 바깥이 더 편하겠죠?"

"동의합니다, 한니발 님."

"맞아요. 여긴 좀 숨이 막히네요."

"우후! 저도요, 오빠. 빨리 마차를 구해서 나가요."

필요한 물자들은 모두 이전에 들렀던 성에서 구매했었으니까.

그렇다는 건 굳이 이곳에서 시간 끌 필요는 없다는 소리였다.

이민준은 제국의 조사관 직위를 이용해 지휘관인 파투잔 자작에게 말과 마차를 요구했다.

"아이고! 말씀만 하십시오. 없는 물자라도 만들어 내겠습니다."

그러자 파투잔 자작이 능글맞은 얼굴로 이민준의 요구를 모두 들어주었다.

'역시 배경이 있다는 건 이래서 좋은 거구나.'

여황제의 파워가 막강하다는 걸 다시금 느끼는 순간이었다.

"신세를 지고 갑니다, 파투잔 자작님."

"언제고 들러 주십시오, 한니발 조사관님! 필요한 게 있으시면 목숨을 걸고라도 만들어 내겠습니다! 그리고 황궁에 돌아가시면 제가 열심히 일하고 있노라고! 꼭 전해 주십시오!"

"후후! 알겠습니다! 크마시온!"

"알겠습니다, 주인님! 이리야! 가자, 말들아!"

히이이힝!

이민준과 일행들은 매우매우 아쉬워하는 파투잔 자작을 뒤로하고 지체 없이 성을 떠났다.

크롸롸롸-
대가리가 3개인 삼두 머맨이 덩치를 부풀렸다.
상체는 성인 남자의 모습이었고, 하체는 커다란 구렁이처럼 생긴 징그러운 남자 인어였다.
캬악-
대략 2미터 가까이 몸을 부풀린 삼두 머맨이 루나를 향해 달려들었다.
"이익!"
그러자 루나가 손에 쥐고 있던 유리병을 집어 던졌다.
하지만,
퍼엉-
유리병은 그만 삼두 머맨이 휘두른 창에 맞아 놈의 몸이 아닌 공중에서 터져 버리고 말았다.
"하앗!"
순간 빈틈이 만들어지고 만 것이다.
놈은 루나의 약점을 놓치지 않았다.
크르르르-
삼두 머맨의 대가리 중 하나가 쭉 늘어났다.
콰악-

그러더니 이내 루나의 어깨를 깨물었다.

"꺄악! 놔! 놔!"

화들짝 놀란 루나가 뒤로 빠지려 했지만,

쩌걱- 쩌걱-

호르르르-

그녀의 어깨를 깨문 삼두 머맨은 놓아줄 생각이 없어 보였다.

"이놈이!"

보다 못한 이민준은 앞으로 나서서 삼두 머맨을 해치워 버리려 했다.

"망할 놈!"

화륵-

크마시온 또한 같은 생각을 했는지 양손에 강력한 마법을 불러일으키기도 했다.

그러자,

"괜찮아요! 제가 해치울게요!"

인상을 잔뜩 찡그렸음에도 독하게 마음먹은 루나가 일행들을 말렸다.

루나도 잘 알고 있는 거다.

아무리 파티 사냥이라고 해도 더 많은 경험치를 획득하기 위해선 가장 높은 공격을 퍼부어야 한다는 걸.

현재 파티의 경험치는 균등 분배가 아니었기에, 플레이어가 얼마나 많은 공격에 성공했느냐에 따라서 얻을 수 있는 경험치의 양도 달라지는 거다.

"이 못된 놈!"

고통을 참기 위해 어금니를 꽉 깨문 루나가 새로운 유리병을 꺼내서는,

꾸웩- 꾸엑-

자신의 어깨를 물고 있는 삼두 머맨의 입으로 유리병을 쑤셔 넣었다.

커억- 케엑-

놈은 예상치 못한 루나의 행동에 당황했던지 입을 벌리며 뒤로 물러섰다.

하지만 너무 늦고 말았다. 이미 루나의 유리병을 삼키고 말았으니 말이다.

꿀렁- 꿀렁-

삼두 머맨의 몸이 좌우로 흔들리는 순간이었다.

콰직- 콰앙-

놈의 몸속에서 붉은빛이 터져 나오는가 싶더니, 이내 삼두 머맨의 몸이 산산조각이 나고 말았다.

그와 동시에,

화아악-

루나의 몸에서 빛이 일었다.

레벨 업을 한 것이다.

"우와! 레벨 업이 정말 빠르구나!"
"그러게요. 무섭고 아팠을 텐데 그걸 꿋꿋하게 참았어요. 정말 대견해요, 루나 양."
 루나는 일행들에게 항상 어리광만 피워 대던 어린 꼬맹이라는 이미지가 강했었다.
 하지만 막상 본인에게 역할이 주어지자 이렇게나 잘 버티며 이겨 내고 있는 거다.
 이민준은 루나의 머리를 쓸어 주며 말했다.
"잘했다, 루나야."
"헤헤! 모두를 위한 일인데 이 정도는 참고 견뎌야죠."
 루나가 별거 아니라는 듯 뒷머리를 긁적였다.
 그때였다.
((흐어어! 몬스터를 몰고 왔습니다!))
 빠른 사냥을 위해 주변 몬스터들을 유인하러 갔던 킹 섀도우 나이트였다.
 하지만,
 크아아-
 차르르르-
 후르르르-
"허어! 무, 무슨 몬스터를 저리도 많이?"
 녀석이 달고 온 몬스터의 숫자가 심각하게 많았다.
"저 녀석……."

이민준은 놀란 눈으로 몬스터 떼를 노려보았다.

산사태로 인해 흙과 바위가 무너져 내리듯, 엄청난 숫자의 몬스터들이 뒤엉켜 이쪽을 향해 쏠려 오고 있었다.

콰르르륵-

몬스터들의 움직임만으로도 지면이 심하게 흔들릴 지경이었다.

루나가 저런 엄청난 놈들을 감당해야 한다고?

이민준은 고개를 흔들며 앞으로 나섰다.

이럴 땐 자신이 해결을 해 주는 게 맞는 거니까.

막 절대자의 자격을 불러일으켜 몬스터들을 향해 뛰어나가려던 참이었다.

"카소돈 할아버지! 달빛 마을에서 사용하셨던 유리 장막을 만들어 주실 수 있어요?"

루나가 먼저 나서서 소리쳤다. 그러자 카소돈이 놀란 눈으로 대답했다.

"가능은 하지. 하지만 내 신성력이라면 고작 10분 정도밖에 유지를 못해."

"그 정도면 충분하고도 남아요! 그러니 몬스터들이 다가오면 킹 섀나와 저놈들 사이에 유리 장막을 만들어 주세요."

"무슨 방법이라도 있는 게냐?"

"으흐흐! 있죠. 바로 이게 그 방법이랍니다!"

루나가 사악한 미소를 흘리며 커다란 유리병을 꺼내 들었다. 대략 배구공만 한 크기의 유리병이었다.

다른 손으로 유리병을 통통 두드린 루나가 말을 이었다.

"하아! 이거까진 안 쓰려고 했는데 킹 섀냐가 저리도 착실하게 일을 하니 어쩔 수 없지요, 뭐."

이민준은 루나가 들고 있는 붉은색의 유리 구체를 쳐다봤다.

쿠우우- 쿠우우-

유리병 안에 든 물질은 매우 불안정한 기운을 주변으로 질질 흘리고 있었다.

"루나야, 그게 뭐야?"

"네? 오빠? 아! 이건 초. 연. 폭. 화예요."

"초, 초. 연. 폭. 화?"

"'초강력 연쇄 폭발 화학물질!'의 줄임말이에요! 흐흐! 제가 얼마 전에 개발한 필살기죠! 앗! 놈들이 거의 다 왔어요. 카소돈 할아버지! 지금이에요!"

"그래! 알았다, 루나야!"

루나의 말에 카소돈이 빠르게 기도문을 외웠다.

그러자,

후우욱-

주신의 힘이 발동되자 거대한 에너지 장벽이 나타나면서 킹 섀도우 나이트와 몬스터 무리의 사이를 가로막았다.

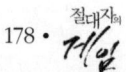

쿠웅-

강력한 신성력이 일렁이는 투명 장벽이다.

쿠다당!

쿠어어어-

카으으으-

죽을힘을 다해 달려오던 몬스터들이 갑작스레 나타난 유리 장벽에 몸을 부딪치며 징그러운 장면을 만들어 내고 있었다.

"됐다! 루나야!"

카소돈의 말에 루나가 고개를 끄덕이며 말했다.

"오빠! 그리고 베닝이와 크마시온!"

모두의 시선이 루나를 향했다. 그러자 루나가 비장한 표정으로 소리치며 장벽 너머를 향해 유리병을 던졌다.

"사용할 수 있는 최대의 방어 마법을 시전해 주세요!"

그녀가 말하는 뜻을 왜 이해하지 못할까.

후우욱-

이민준은 서둘러 절대자의 자격을 불러일으켰고,

"보호막! 시전!"

크마시온도 기다렸다는 듯 둥근 마법 보호막을 만들어 일행을 보호했다.

"보호막 강화!"

또한 아서베닝은 그렇게 만들어진 보호막에 자신의 마법

을 덧씌우기까지 했다.

((흐어어!))

당연한 이야기지만 킹 섀도우 나이트마저 보호막의 범위 안에 들어온 상태였다.

안전은 보장받은 거니까.

슈우우욱-

모두가 조금 전 루나가 던진 유리병을 향해 시선을 던졌다.

연금술사의 스킬을 사용해서 던진 유리병이다.

유리병은 마치 바람에 흩날리는 깃털처럼 나풀거리며 몬스터들이 뭉쳐진 곳으로 향하고 있었다.

크으으-

조금 전까지만 해도 유리벽 너머에서 발악을 했던 놈들이다. 그러던 놈들이 동상이 된 것처럼 모두 고개를 들어 루나가 던진 유리병을 쳐다보고 있었다.

유리병은 그럴 만큼 불안한 기운을 주변으로 흘리고 있었으니까.

그때였다.

"폭파!"

루나가 소리를 지르자,

쨍그랑-

유리병이 깨졌다.

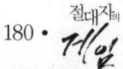

그러고는,

후으으윽-

마치 주변의 모든 공기가 유리병이 깨진 곳으로 쏠리는 것만 같았다.

"모두 눈을 가리세요!"

루나가 소리를 지른 직후였다.

쿠아아아앙!

새하얗게 보일 만큼 눈부신 빛이 터져 나옴과 동시에 강력한 폭발이 일어났다.

콰앙- 콰광-

폭발은 한 번이 아니었다.

쿠아아앙- 콰앙- 콰과광- 콰광-

연쇄적으로 반응한 폭발이 유리 벽 너머 전체 지역을 초토화하고 있는 거였다.

드드드드-

지진이 난 것처럼 지면이 출렁였다.

후아아악-

또한 폭발의 위력으로 강력한 바람이 주변으로 뻗어 나가기까지 했다.

"이잇!"

이민준은 절대자의 자격을 더욱 끌어 올렸다.

폭발의 힘이 어찌나 막강했던지, 그 에너지가 카소돈의

유리 장벽을 뚫고는 일행들을 보호하고 있는 보호막에까지 압박을 가했기 때문이었다.

'진짜 엄청나네.'

이민준은 속으로 감탄할 수밖에 없었다.

그저 작은 폭발 유리병이나 만드는 루나인 줄 알았다. 그런데 설마 꼬맹이가 저런 핵폭탄급 위력의 무기를 제조할 줄이야!

쿠르르르릉-

대략 4~5분간 연쇄 폭발을 일으켰던 에너지가 서서히 식기 시작했다.

그러고는,

후우욱-

루나의 몸에서 연속적으로 빛이 터져 나오기 시작했다.

레벨 업이었다.

그뿐만이 아니었다.

후우욱-

만약의 사태를 대비하기 위해 검과 방패를 들고 전투 자세를 취하고 있던 앨리스의 몸에서도 빛이 터져 나왔다.

레벨 업을 한 건 일행 중에서 레벨이 가장 낮은 루나와 앨리스였다.

폭발 유리병으로 엄청난 수의 몬스터를 사냥하며 공격 포인트를 높인 루나는 순식간에 5레벨을 올린 거고, 함께

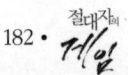

파티를 맺은 덕분에 경험치를 얻은 앨리스는 2레벨을 올린 거다.

"우와! 170이 되었어요!"

루나가 밝은 표정으로 소리쳤다.

"고마워요, 루나 양. 저도 173이 되었어요."

일행 모두가 마음을 다해 두 사람을 축하해 주었다.

서로서로 좋은 말이 오간 후였다.

"후우."

이민준은 조금 전 폭발이 일었던 들판을 바라보았다.

마치 마계의 한 지역에 오기라도 한 것처럼 시선에 들어오는 벌판의 모든 부분이 시커멓게 변해 있었다.

"우와! 루나 님! 이건 완전 초토화인데요? 정말 엄청난 무기네요. 웬만한 마법으론 흉내도 못 내겠어요!"

"그, 그래?"

"와우! 이건 진짜! 후우! 어찌나 강력했던지 당분간 여기서는 몬스터의 발톱도 못 자라겠습니다."

"그래. 그래서 내가 이 기술을 사용하지 않으려고 한 건데 너무 급한 나머지 어쩔 수가 없었어."

루나가 씁쓸한 표정을 지었다. 그러자 크마시온이 안타깝다는 듯 말했다.

"흐음, 킹 섀나 때문이군요."

크마시온의 말에 일행들이 고개를 돌려 킹 섀도우 나이

트를 쳐다봤다.

((으, 에, 그, 그게…….))

킹 섀도우 나이트가 당황을 했다는 듯 주춤거렸다.

그러자,

"흐어어! 킹 섀나! 적당히 좀 해라!"

킹 섀도우 나이트의 목소리를 흉내 내며 장난을 친 이는 다름 아닌 슈퍼 리치 크마시온이었다.

물론 자신의 실수였기에 킹 섀도우 나이트도 할 말은 없었다.

하지만 아무리 그렇다고 해도 크마시온에게 놀림을 당하다니!

빠직-

이민준은 시커먼 킹 섀도우 나이트의 얼굴에서 시퍼런 빛이 일렁이는 걸 본 것 같았다.

그리고 그건 분명 크마시온을 향한 살기였다.

그러자,

"어! 미, 미안해, 킹 섀나. 내, 내가 일부러 그런 건 아니고……."

크마시온이 재빠르게 태세 전환을 했다.

빠직-

하지만 그럼에도 킹 섀도우 나이트의 기분이 풀리지 않자,

"키, 킹 섀도우 나이트님, 제가 큰 실수를 한 것 같습니다. 부디 한때 왕으로서 가지고 계셨던 깊고 넓은 아량으로 이 크마시온을 용서하소서."

녀석이 바닥에 납작 엎드렸다.

"야이! 크마시온! 슈퍼 리치까지 돼서 너무 비굴한 거 아니냐?"

그런 모습에 아서베닝이 혀를 끌끌 차며 놀렸다. 그러자 크마시온이 고개를 살짝 돌리며 말했다.

"목숨은 소중한 겁니다, 베닝 님."

"푸, 푸하하하!"

"아우! 크마시온! 깔깔깔!"

순간 일행들 사이에서 커다란 웃음이 터져 나오고 말았다.

그럴 만큼 상황이 우스웠기 때문이었다.

이민준도 살짝 미소를 지으며 말했다.

"킹 섀냐, 화 풀어. 너도 잘한 건 없잖아."

((흐어어! 분부대로 하겠습니다, 주인님.))

결국 이민준의 중재로 상황이 일단락되었다.

"그럼 수확물을 걷어 볼까요?"

"그래! 좋아!"

루나의 말에 일행들이 시커먼 들판으로 가서는 몬스터들이 죽으며 흘린 돈과 아이템을 거둬들였다.

어차피 돈과 아이템은 균등 분배였기에 누가 거둬들이든 나중에 시스템이 알아서 나눠 주게 되어 있었다.

 편리한 시스템이었다.

"흐음."

 이민준은 다시금 시커먼 벌판을 바라보았다.

 비록 당황스럽기는 했지만, 그 어느 때보다 루나의 레벨이 빨리 오른 건 사실이니까.

 그러다 문득 다른 생각이 들기도 했다.

"루나야."

"네? 오빠?"

"너, 조금 전 사용한 그 유리병 있잖아."

"초. 연. 폭. 화요?"

"그래, 그거. 또 있어?"

"만들기가 까다로운 기술이라 하나밖에 남지 않았어요."

"그래?"

 그래도 사용할 수 있는 강력 폭탄이 하나 더 있다는 소리다.

"킹 섀냐."

((예, 주인님!))

 킹 섀도우 나이트가 빠르게 다가왔다.

"너는 몬스터들을 어디서 몰고 온 거냐?"

((여기서 조금 떨어진 곳이었습니다. 이 지역에 사냥하

는 사람들이 워낙 없다 보니 조금만 벗어나도 곳곳이 몬스터 천지입니다.))

그렇단 말이지?

이민준은 고개를 끄덕였다.

어차피 이 지역은 조금 전 일어난 폭발로 황폐해진 곳이다.

그렇다면 같은 방식을 한 번 더 사용하지 못할 이유는 전혀 없었다.

이민준은 마지막으로 물었다.

"카소돈 님, 혹시 조금 전 사용하신 유리 장벽을 한 번 더 사용하실 수 있겠습니까?"

"흐음, 다행히도 신성력을 일찍 회수하는 덕분에 5분 정도 더 사용할 수는 있습니다."

그렇다면 망설일 이유가 없었다.

이민준은 일행들에게 소리쳤다.

"좋습니다! 한 번 더 갑시다."

"네에?"

모두가 놀란 눈으로 이민준을 쳐다봤다. 이민준은 그런 일행들에게 미소 지으며 말했다.

"킹 섀나, 이번엔 아까보다 훨씬 많은 몬스터를 몰고 와라. 강한 한 방으로 빠르게 해치우자."

"아아!"

"오오!"

그제야 이민준의 뜻을 알아챈 일행들이 눈을 빛냈다.

※ ※ ※

"여기 있습니다."

얼굴에 붕대를 칭칭 감은 이종준이 두툼한 서류 뭉치를 내밀었다.

그가 목숨처럼 여기며 숨기고 있던 대번 그룹 강경억 회장에 관한 서류였다.

바스락-

이민준은 서류를 집어 들었다.

마음 같아서는 이걸 대한민국 모든 언론과 사법부에 뿌려 버리고 싶었다.

하지만 그게 의미 없다는 걸 이미 알고 있으니까.

이종준이 말했다.

"이 대표님의 마음, 누구보다 제가 잘 압니다. 하지만 강경억 회장의 빈틈을 완벽하게 잡아내기 전까지는 조금 참아 주세요."

그 뜻을 왜 알지 못할까?

"알겠습니다."

이민준은 쓸쓸한 미소를 지으며 고개를 끄덕였다. 그러

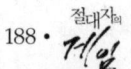

고는 물었다.

"몸은 좀 어떠세요?"

"견딜 만합니다. 염태수 선생님께서 진통제도 넉넉히 챙겨 주셨거든요."

이종준이 약 봉투를 가리키며 한 말이었다.

당연한 이야기지만 의사 면허를 취소당한 염태수가 처방해 준 약은 마약성 진통제였다.

잦은 수술로 인해 통증이 심한 이종준을 배려하기 위해서였다.

"수술을 몇 차례 더 받으셔야 한다고요?"

"어쩔 수 없는 일이죠. 더군다나 이렇게 얼굴까지 함몰되었으니 꽤 애를 먹게 생겼습니다."

안타까운 일이었지만, 그건 어쩔 수 없는 일이었다.

"그래도 상관없습니다. 저야 이런 고통 당해도 싼 인간이니까요. 여러모로 감사합니다, 이 대표님."

사람이 몸이 아프면 마음도 약해진다더니, 이종준이 딱 그런 모습이었다.

이민준은 최대한 표정 관리를 하며 말했다.

"사모님과 자녀분은 일단 평택 쪽으로 모셨습니다. 그곳에 안전 가옥이 있거든요."

가족 이야기가 나오자 이종준의 눈빛이 변했다.

왜 아닐까?

아무리 비정한 이종준이라고 해도 자신의 가족은 누구보다 소중한 거다.

크게 호흡을 조절하며 감정을 추스른 이종준이 말했다.

"염치가 없습니다. 그런데도 또 가족을 잘 보살펴 달라고 이렇게 부탁을 합니다."

이민준은 변함없는 눈으로 이종준을 쳐다봤다.

가족은 죄가 없는 거니까.

그러고는 말했다.

"그 점은 걱정하지 마세요."

그러자 이종준이 붉게 변한 눈으로 말했다.

"아마 이 세상에 신 같은 건 없는 것 같습니다. 정말 나쁜 짓을 많이 저지른 강경억 회장 같은 사람도 잘 먹고 잘살다가 편하게 눈을 감겠죠. 사후 세계가 없다면 누가 그런 사람을 벌하겠습니까?"

강경억과 가까운 자리에서 그자의 더럽고 추악한 모습을 봐 왔을 테니 이런 말을 하는 걸 거다.

이민준은 표정 변화 없는 얼굴로 물었다.

"혹시 던컨 맥더걸을 아세요?"

"네? 누구요?"

"영혼의 무게 21그램이요."

"그게 무슨 말씀이신지……."

이종준은 고개를 갸웃했고, 이민준은 신경 쓰지 말라는

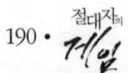

듯 손을 내저었다. 그러고는 말했다.

"사후 세계가 있든 없든 상관없습니다. 그런 건 제가 알 바가 아니죠. 하지만 분명한 건 제가 강경억 그자를 잡아낼 거라는 겁니다. 돈? 권력? 정치인? 신경 안 씁니다. 그러니 확신을 갖고 절 도와주세요. 알겠습니까?"

잠시 멍한 눈빛을 보였던 이종준이 화들짝 놀라며 고개를 끄덕였다.

이민준의 강력한 자세에 정신이 번쩍 든 거다.

"예, 알겠습니다. 제 모든 걸 바쳐서라도 도와드리겠습니다."

이종준이 굳은 의지가 담긴 눈을 강하게 빛냈다.

제7장

세 번째 성지

스슥-

임재식 과장이 책상 위에 있는 종이 문서를 밀면서 말했다.

"지난번에 의뢰하셨던 안양 건물과 관련된 내용입니다."

바스락-

이민준은 임재식이 내민 문서를 집어 들었다.

문서 안에는 여러 사람의 이름과 업체명이 복잡한 수식처럼 얽혀 있었다.

임재식이 말했다.

"물증으로는 대번과의 연관성을 찾지 못했습니다."

"흐음, 그렇군요."

이민준은 고개를 끄덕였다.

안양에 있는 건물이라면 바로 이종준이 갇혀 있던 그 건물이었다.

또한 움직임이 빠른 자들.

즉, 파워 슈트를 입고 있던 자들과 싸움을 벌였던 건물이기도 했다.

'하기야, 대번 쪽에서 대놓고 꼬리 잡힐 일을 하지는 않았겠지.'

그렇게 생각하니 입맛이 썼다.

임재식이 계속해서 말했다.

"하지만 거기 서류에서처럼 대번과 관련된 사람을 통해서 건물을 사들였다가 처분한 기록은 남아 있더군요. 물론 그 건물주도 몇 단계를 걸쳐야 연관성이 생기긴 하지만요."

서류를 확인한 이민준은 고개를 갸웃하며 물었다.

"이 사람의 신분을 이용하면 대번과는 어느 정도의 연결이 가능할까요?"

"안타깝지만 그건 어려울 것 같습니다. 그 사람이 강경억 회장과의 연줄을 부인하면 그만이니까요."

"그렇군요."

쉽게 꼬리가 잡힐 놈들이 아니라는 건 어느 정도 예상을 하고 있었다. 하지만 막상 이렇게 현실을 대하고 나니 기분이 좋지는 않았다.

"대기업을 상대하는 일이 참 만만치가 않죠?"

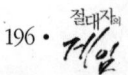

묵묵히 앉아서 차를 마시고 있던 장현식 변호사가 안타까운 얼굴로 말한 거였다.
이민준은 미소 지으며 대답했다.
"상대가 쉬우면 재미가 없잖아요."
"저는 쉬운 상대를 이기더라도 돈만 벌리면 재미가 있더군요."
"그렇게 열심히 일하셔도 대기업 회장만큼 많이 버시는 건 아니잖아요."
"와! 이 대표님, 그렇게 안 봤는데 어쩜 그리 핵심을 콕콕 찌르십니까?"
"그럼 지금까지 저를 곁다리 짚는 사람으로 보신 거예요? 장 변호사님, 실망인데요?"
"요즘 어디 재밌게 말하기 학원이라도 다니세요? 말씀하시는 게 아주 많이 느셨어요? 후후후!"
장현식이 흥미롭다는 표정으로 웃었다.
이민준은 문득 말 많은 크마시온과 루나를 떠올렸다.
녀석들과 함께 생활하다 보니 장난스러운 말투가 몸에 밴 것 같았다.
게임 속 일행들의 영향이 현실에서도 나타날 줄이야!
고개를 흔든 이민준은 표정 관리를 하며 대답했다.
"제 주변에 그런 친구들이 몇 있습니다."
"유쾌한 친구들인가 봅니다."

왜 아닐까?

유쾌함이 넘치다 못해 가끔은 불쾌함도 주는 녀석들이기도 했다.

부스럭-

한결 분위기가 가벼워지자 장현식이 새로운 서류를 꺼내며 말했다.

"이건 전에 이 대표님이 부탁하신 슈트를 조사한 겁니다."

이민준은 서둘러 서류를 확인했다.

그가 장현식에게 조사를 부탁한 건 다름 아닌 파워 슈트에 관한 내용이었다.

안양에서 마주쳤던 이들은 분명 파워 슈트를 입고 있었다.

성능은 두 눈으로 확인했으니까.

그 정도 성능이라면 시판도 가능한 수준이라는 판단이 선 거였다.

장현식이 말했다.

"힐트론 쪽에 정통한 소식통에게 알아보니, 그런 성능을 가진 파워 슈트는 여전히 개발 단계에 머물러 있을 뿐이라더군요."

"군대나 뭐 그런 비슷한 곳에 납품된 게 전혀 없다는 말인가요?"

"납품 수준이 아니라 그냥 설계도상에서 더 이상 발전이 없는 정도랍니다."

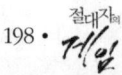

이민준은 고개를 갸웃했다.

그렇다면 파워 슈트의 출처가 힐트론이 아니란 뜻일까?

아니, 그렇진 않을 거다.

파워 슈트는 분명 힐트론과 대번의 가장 큰 연결점이니까.

이민준의 표정을 살핀 장현식이 계속해서 말했다.

"그런데 또 다른 생각이 들더군요. 아무리 힐트론이라고 해도 그런 첨단 기술을 가진 제품에 관한 정보를 쉽게 흘릴까 싶기도 했고요."

부스럭-

장현식이 새로운 서류철을 꺼냈다. 서류철을 받아 든 이민준은 눈으로 빠르게 내용을 확인했다.

"이건 대번 쪽 회사인가요?"

"맞습니다. 대번 테크윈. 보안과 방산, 로봇 기술 등을 다루는 회사입니다."

고개를 끄덕인 이민준은 서류상에 형광펜이 쳐진 부분을 눈여겨보았다.

몇 가지 의심이 가는 품목이었다.

이민준이 형광펜 부분을 확인하는 것을 본 장현식이 말을 이었다.

"임 과장을 통해 어렵게 구한 세관 목록입니다. 대번 테크윈이 힐트론으로부터 수입을 한 내역이죠."

"장 변호사님은 이 품목들이 파워 슈트와 관련이 있다고 보신다는 말씀이죠?"

"사실 정말 그런 성능을 가진 슈트가 있나 싶기도 하지만, 뭐 이 대표님이 직접 눈으로 보셨다니 그 의견을 토대로 조사한 거죠."

자신을 신뢰해 주는 변호사라니.

뭔가 모르게 든든한 기분이 들었다.

잠시 장현식과 눈을 마주한 이민준은 다시금 서류를 확인했다.

확실히 대번 테크윈의 수입 품목에는 의심스럽고 이해가 가지 않는 부분들이 많았다.

'그런데도 문제없이 수입했다, 이거지?'

이건 의외로 유용한 자료가 될 수 있었다.

대번 테크윈을 파고들면 아버지의 기술을 훔쳐 간 힐트론의 약점을 찾아낼 수 있을 테니 말이다.

고개를 든 이민준은 장현식에게 말했다.

"대번 테크윈을 더욱 세밀하게 조사해 주실 수 있으세요?"

"그건 문제 될 게 없습니다. 다만 제가 걱정되는 건……."

잠시 뜸을 들인 장현식이 이내 결심했다는 듯 말했다.

"이 대표님은 정말 대번과 싸워서 이길 수 있다고 믿으시는 건가요?"

이런 질문은 세상을 너무 잘 아는 사람들에게서 자주 나오는 것 같았다.

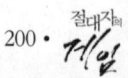

그럴 만큼 대기업은 이미 이 나라에서 괴물이 되었으니 말이다.

이민준은 자신감 넘치는 얼굴로 말했다.

"장 변호사님은 잘 모르시겠지만, 사실 제가 보스급 몬스터를 잡는 일을 참 잘합니다."

"네? 보스급 몬스터요?"

장현식이 황당하다는 듯한 표정을 지었다.

"혹시 무슨 게임 같은 걸 말씀하시는 거예요?"

임재식 과장도 당황하는 얼굴로 한마디를 보탰다. 하지만 이민준은 여전히 미소 띤 얼굴로 말했다.

"그 정도로 어려운 일을 즐긴다는 말입니다. 두려울 게 뭐가 있겠습니까?"

그러자 임재식이 껴들었다.

"추필진 씨와 이종준 씨에게 벌어졌던 일을 쉽게 생각하시면 안 됩니다."

그건 이민준도 충분히 공감하는 부분이었다.

대번의 강경억 회장이라면, 자신의 이익을 위해서라면 폭력과 살인도 서슴없이 저지를 수 있는 인간이니 말이다.

이민준은 말했다.

"만약 대번 쪽에서 추필진 씨와 이종준 씨를 제거하는 일에 성공했다면 그다음 행동을 서슴없이 할 수 있을 겁니다. 하지만 실패했죠. 그게 불안 요소가 될 겁니다."

"듣고 보니 그렇긴 하네요."

이민준의 말에 임재식이 고개를 끄덕였다.

제거하려던 목표가 살아남게 되면 그건 굉장한 약점으로 작용하게 되는 거다.

스슥-

상체를 일으킨 장현식이 무거운 목소리로 말했다.

"어쨌든 안심을 할 수 있는 상황은 아닙니다. 우리가 움직이는 만큼 저쪽도 모든 수를 사용해 자신들을 노리는 적을 찾아낼 겁니다. 그리고 그게 이 대표님이라는 걸 알게 되면 감당하기 어려운 공격을 당하시게 될 겁니다."

"명심하겠습니다."

이 사람들은 진심으로 이민준을 걱정해 주는 거다.

그런 사람들의 조언을 가볍게 무시하면 안 되는 거니까.

이민준은 진심을 담아 두 사람에게 감사를 표했다.

※ ※ ※

쪼르륵-

강경억은 자신의 와인 잔이 채워지는 걸 쳐다봤다.

제대로 교육받은 집사가 능숙한 솜씨로 와인을 따르고는 자리에서 물러났다.

째챙-

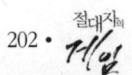

들고 있던 포크와 나이프를 접시 위에 던진 강경억은 와인 잔을 들어 입을 헹구었다.

그런 할아버지의 식사를 끝까지 지켜본 강원준은 조심스레 포크와 나이프를 내려놓았다.

그러자 강경억이 물었다.

"왜 안 먹냐?"

"아니요. 다 먹었습니다."

"다 먹긴 뭘 다 먹어. 고작 한두 점 잘라 먹은 거 가지고 다 먹었다고 말하는 거야?"

"입맛이 별로 없어요."

"그렇겠지."

가당치도 않다는 듯 코웃음을 친 강경억이 계속해서 말했다.

"사업이 조금 잘나간다고 축배를 자주 든다더니, 그래서 그래? 이젠 이런 저녁 정도는 눈에도 안 들어오는 거냐?"

놀란 눈으로 강경억을 쳐다본 강원준이 이내 고개를 흔들며 말했다.

"저까지 감시하시는 거예요?"

"감시? 하! 내 돈 가지고 사업하는 놈이 못하는 소리가 없구나. 그런 건 감시가 아니라 관리라고 하는 거다."

"감시나 관리나, 할아버지가 저를 못 믿으신다는 말씀이시잖아요."

"넌 네가 아주 잘하고 있다고 생각하나 보구나."

"보고를 받으셨으면 아시겠네요. 제가 얼마나 성공적으로 시장에 진입했는지요."

"어리석은 놈. 돈 뿌려서 그 정도 성과도 못 얻으면 그게 경영자냐?"

"대체 저한테 왜 그러세요? 제가 뭘 잘못했다고요?"

"SH 무역, 그놈은 문제없이 여전히 장사하고 있더구나."

"이민준 때문에 그러세요? 그런 꼬맹이 때문에요?"

"너는 그런 꼬맹이가 우습게 보이는가 보구나."

"우습지 않으면요? 지가 뭘 할 수 있겠어요? 이건 끝난 게임입니다."

"정말 그렇게 생각하는 거냐?"

강경억이 낮게 깔린 목소리로 물은 거다.

강원준은 저도 모르게 심장이 덜컥하고 내려앉는 기분이었다.

할아버지는 언제나 그런 사람이었다.

언제나 자신을 주눅 들게 하는 어려운 사람.

휙-

고개를 흔든 강경억이 자신의 옆에 올려져 있던 서류를 집어 강원준 앞에 던졌다. 그러고는 말했다.

"이민준이가 노영인을 데려다가 뭔가 새로운 걸 개발했나 보더구나. 신기술로 시장 장악을 노린다는 걸 보면 자신

있는 걸 만든 걸 거다."

서류를 집어 든 강원준이 불만스러운 표정으로 말했다.

"지금은 시장 판도가 달라졌어요. 우리 티엘이 시장의 50퍼센트를 넘게 차지했으니까요."

순간 강경억의 표정이 딱딱하게 굳었다.

꿀꺽-

강원준은 마른침을 삼키고 말았다.

할아버지가 저 표정을 짓고 있을 때는 함부로 나서서는 안 되는 걸 알고 있었다.

'오늘따라 왜 이래? 영감이 대체 뭐 때문에 틀어진 거야?'

강원준은 그저 눈치만 볼 뿐이었다.

어색한 침묵과 함께 조금의 시간이 지났다. 그럼에도 표정을 풀지 않은 강경억이 천천히 입을 열었다.

"난 그놈이 망하길 바란다. 그리고 그딴 놈이 함부로 설치는 꼴도 못 보겠고."

강원준은 주춤했다.

예전 같지 않게 할아버지가 쉽게 흥분을 하는 것 같았기 때문이다.

'뭐지? 뭐가 있는 건가?'

그렇게 생각할 때였다.

"원준아, 그놈을 제대로 짓밟을 수 있겠냐? 그 버릇없는 놈을 아예 뿌리째 뽑을 수 있겠냐고?"

강원준은 눈빛을 빛냈다.

저녁 식사에 불러내기에 싫은 소리만 들을 줄 알았더니, 할아버지가 자신에게 기회를 주고 있었다.

그리고 기회를 준다는 건 자신의 능력을 인정받을 수 있는 절호의 기회가 생겼다는 뜻이기도 했다.

강원준이 말했다.

"제가 잔인해지기를 원하세요?"

"너는 맹수처럼 잔인한 녀석이냐?"

"할아버지가 원하신다면요."

"좋아. 그렇다면 그걸 나한테 증명해 보아라."

강원준은 심장이 쿵 하고 뛰는 걸 느꼈다. 드디어 할아버지에게 기회를 얻었으니 말이다.

그때였다.

척-

강경억이 손을 올렸다.

철컥-

그러자 문이 열리며 검은 양복을 입은 사내가 다가왔다.

강경억이 말했다.

"자리를 비운 이종준 전무를 대신해서 너를 도와줄 손흥식 이사다. SH를 찍어 낼 때까지 본사에서 아낌없이 지원할 테니, 여기 손흥식 이사에게 말해서 필요한 만큼 지원을 받도록 해라."

"네. 그렇게 할게요. 그렇게 하겠습니다."

강원준은 웃음이 나오려는 걸 간신히 참았다.

이건 강경억의 다른 손자, 즉 강원준의 경쟁자들도 쉽게 얻을 수 없는 기회였다.

'좋아! 이민준 이 망할 자식아! 이 기회에 내가 네놈을 갈가리 찢어발겨 주마.'

강원준은 속으로 굳게 다짐했다.

※ ※ ※

루나가 손을 뻗으며 소리쳤다.

"다. 폭. 유!"

그러자,

촤좌좌촤-

그녀의 손에서 여러 종류의 유리병이 발사되었다.

크에에에-

커다란 손을 8개나 가지고 있는 징그러운 몬스터를 향해서였다.

휘휘휙-

몬스터는 손을 휘저으며 루나의 유리병을 막으려 했다. 하지만 그러기엔 그 숫자가 헤아릴 수 없이 많았다.

콰과과과광-

결국 몬스터가 막지 못한 유리병들이 놈의 몸에서 작렬했고,

크아아아!

쿠우우웅-

생명력이 다한 몬스터는 바닥으로 쓰러지고 말았다.

"유후!"

후우욱-

몬스터가 죽음과 동시에 루나의 몸에서 밝은 빛이 터져 나왔다.

"좋았어!"

이민준은 기쁜 마음으로 루나에게 다가갔다.

"축하한다, 루나야."

"고마워요, 오빠! 호호!"

이민준은 파티 상태창을 열어 루나의 레벨을 확인했다.

루나의 레벨은 어느덧 185가 되어 있었다.

퀘스트가 요구하는 188레벨까지는 고작해야 3레벨만이 남은 상황이었다.

힐러인 에리네스가 다가와 루나의 등을 토닥이며 말했다.

"정말 빨리 올렸지?"

"맞아요, 언니. 이번 여행이 시작되고 나서 하도 많은 레벨을 올렸더니 이젠 별 감흥도 없다니까요?"

"어머! 얘! 별 감흥이 없다니. 너무 배부른 소리 하는 거

아니니?"

"윽! 그렇죠? 건방져 보이려고 한 말은 아니지만, 어쨌든 그만큼 자주 레벨 업을 했잖아요."

"그래. 그렇긴 하지. 어제오늘 사이 앨리스도 그렇고, 너도 그렇고 다들 많은 레벨을 올렸어."

루나가 고개를 끄덕였다.

짧은 시간 동안 이루어진 집중적인 사냥 덕분에 지존 레벨인 이민준과 아서베닝, 그리고 지존 레벨에 가까운 크마시온을 빼고는 다들 최소 1레벨 이상은 올린 상황이었다.

서로 간에 기분 좋은 대화가 오간 후였다.

이민준은 루나에게 다가가 물었다.

"그런데 대체 '다. 폭. 유'는 또 뭐야?"

"아, 그거요? 헤헤! '다량의 폭발 유리병'의 줄임말이에요."

"뭐어?"

"180레벨로 올라오면서 동시에 유리병 여러 개를 투척할 수 있는 스킬이 생겼거든요. 근데 그 효과가 제 마음에 안 들지 뭐예요. 그래서 조금 더 연구해서 새로운 스킬을 개발해 봤죠. 어때요? 쓸 만하죠?"

쓸 만하기만 할 뿐일까?

무려 180대 레벨의 대형 몬스터를 스킬 하나로 작살을 낸 거다. 이 정도면 훌륭하다는 표현이 더 어울릴 터였다.

"잘했어, 루나야."

이민준은 루나의 머리를 쓰다듬어 주었다.

"<u>호호호!</u>"

그러자 루나가 기분 좋은 웃음을 흘렸다.

180레벨이 넘으면서부터 생긴 루나의 연금술사 스킬은 예상외로 막강했다.

전에 없던 다양한 공격 기술이 생긴 것은 물론이거니와, 그녀가 만든 유리병은 마법사인 크마시온과 드래곤인 아서베닝조차 감탄할 정도로 강력한 살상력까지 가지고 있었다.

이민준은 고개를 끄덕였다.

이 정도면 준비가 다 된 거나 마찬가지였다.

비록 퀘스트가 요구한 루나의 레벨이 3레벨 부족하긴 했지만, 그건 세 번째 성지에서도 충분히 올릴 수 있는 수치였다.

"망설일 거 없이 세 번째 성지로 이동하시죠."

"네! 좋아요!"

"후후! 여기서 2~3시간이면 도착하겠지요?"

"맞습니다, 카소돈 님. 바로 근처나 마찬가지지요."

이민준은 고개를 끄덕이며 마차에 오르는 일행들을 확인했다.

히이이이힝! 푸르르!

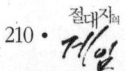

절거-

마차가 선 곳은 일행들의 목적지인 메이던 지역의 바로 앞이었다.

이민준은 마차 위에서 메이던 지역을 살폈다.

콰르르르-

역시나 마기가 강하게 자리 잡은 지역인 만큼 겉으로 느껴지는 위압감이 보통이 아니었다.

"후우! 이건 드아빌 지역보다 심하면 심했지, 덜하지는 않은데요, 형."

뒤쪽에서 다가온 아서베닝이 고개를 흔들며 한 말이었다.

왜 아닐까?

지금 느껴지는 마기는 두 번째 성지와는 비교도 되지 않을 만큼 강력했다.

'갈수록 강해진다는 건가?'

두 번째 성지 때도 그런 생각이 들었었다. 첫 번째 성지보다 마기가 강하다는 느낌 말이다.

하지만 그땐 크마시온의 상태가 워낙 위중했기에 그런 부분을 짚고 넘어갈 수가 없었다.

그런데 지금은?

이민준은 아서베닝을 보며 말했다.

"확실히 강력해졌지?"

"이 정도라면 못해도 두 번째 성지의 마기보다 두 배 이상은 높을 거예요."

이민준은 고개를 끄덕였다.

원래부터 그랬던 건지, 아니면 상황이 변하고 있는 건지는 알 수 없었다.

주신이 퀘스트를 통해 알려 주었던 멸망의 징조는 아직 보이지 않고 있으니 말이다.

하지만 그렇다고 뭐?

성지의 마기가 강한 만큼 일행들의 레벨도 높아진 상태였다.

빠른 레벨 업 덕분에 일행 중엔 적어도 180 이하의 레벨은 없으니까.

이민준은 물었다.

"그래서 겁나는 건 아니지?"

그러자 녀석이 서운하다는 표정을 지으며 말했다.

"와! 형, 저 아서베닝이에요. 드래곤이라고요."

"그래, 인마. 당연하지. 넌 지상 최고의 생명체잖아."

이민준은 주먹 쥔 팔을 들어 올렸다.

서운함을 떨쳐 내자는 의미에서였다.

씨익-

그런 이민준의 뜻을 알아차린 아서베닝이 주먹 쥔 팔을 들어 그의 팔을 툭 쳤다.

그러자,

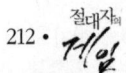

달그락- 달그락-

그걸 옆에서 지켜보고 있던 크마시온이 은근슬쩍 주먹 쥔 뼈다귀 팔을 내밀었다.

부러웠던 모양이었다.

"뭐냐, 크마시온?"

"으흐흐! 저도 쳐 주세요, 베닝 님. 그리고 주인님. 흐흐!"

"이 자식이 진짜."

아서베닝이 황당하다는 표정을 지었지만 크마시온은 팔을 뺄 생각을 하지 않았다.

"그래그래. 알았다, 이 녀석아."

툭-

아서베닝이 크마시온의 팔을 쳐 주었고,

"우리도 잘해 보자, 크마시온."

"흐흐! 여부가 있겠습니까, 주인님?"

이민준도 기분 좋게 웃으며 크마시온의 팔을 쳐 주었다.

크르르-

아서베닝이 몸집을 키우며 드래곤으로 변했다.

흐르르-

제대로 된 전투를 치르기 위해 본래의 몸으로 돌아간 거였다.

"베닝, 네가 먼저 하늘로 올라가서 전체적인 상황을 말해 줘야 해. 우리는 세 번째 성지를 향해 멈춤 없이 전진할 거야."

《알았어요, 형.》

이민준의 말에 고개를 끄덕인 아서베닝이,

슈욱- 슈욱-

커다란 날개를 펴고는 하늘로 날아올랐다.

이민준은 일행들을 돌아보며 말했다.

"전방은 저와 킹 섀나가 맡겠습니다. 여러분들은 흩어지지 않게 따라오면서 후방을 지원하세요."

"네, 알았어요!"

"염려 마세요!"

모두의 동의를 확인한 후였다.

"가자! 킹 섀나!"

((흐어어! 알겠습니다.))

이민준은 킹 섀도우 나이트와 함께 메이던 지역으로 발을 들였다.

화윽-

그러자 강력한 마기가 온몸을 휘감았다.

'으음?'

그 때문이었는지 절대자의 자격이 영향을 받으며 전체적인 힘이 줄어들었다.

후욱- 후욱-

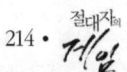

그걸 느꼈던지 오른손의 상처가 뜨겁게 반응했다.

이민준은 고개를 갸웃했다.

'이건 전에 없던 반응인데?'

이상한 일이었다.

후우욱-

다시금 절대자의 자격을 끌어 올렸다. 그러자 들고 있던 검과 방패에 절대자의 자격이 덧씌워졌다.

기본적으로 작동하는 데에는 아무런 이상이 없다는 뜻이었다.

하지만,

후욱- 후욱-

'확실히 약해졌어.'

정상적일 때와는 비교도 할 수 없을 만큼 그 힘이 약해져 있었다.

파득-

블랙 스노우를 강하게 쥔 이민준은 집중력을 끌어 올렸다.

그렇다고 여기서 전진을 멈출 수는 없으니 말이다.

'지도.'

이민준은 지도를 불러내어 목적지를 확인했다.

도보로 대략 1~2시간 거리 안에 주신의 성지가 표시되어 있었다.

'저곳까지만 가면 된다, 이거지?'

퀘스트는 무엇보다 간단했다.

그리고 세 번째 퀘스트를 해결하기 위해선 루나의 레벨이 188이 되어야 하고 말이다.

'그런데 대체…….'

이민준은 앞으로 걸으며 주변을 둘러보았다.

온통 시커멓게 변한 들판과 낮은 언덕만이 시야에 들어왔다.

((흐어어! 주인님, 몬스터가 보이지 않습니다.))

시커먼 구름으로 변해서 전방을 훑고 온 킹 섀도우 나이트가 이해할 수 없다는 투로 말했다.

이민준은 하늘을 날고 있는 아서베닝에게 텔레파시를 보냈다.

-베닝, 상황은?

-마기가 너무 강해서 제대로 파악이 되진 않지만, 육안으로 확인한 결과 형이 걷고 있는 곳과 성지 사이에는 아무것도 없어요.

-그래. 알았다.

이것 또한 이상한 상황이었다.

강력한 마기로 둘러싸인 지역에 몬스터가 없다니.

쉬잉-

이민준은 블랙 스노우를 가볍게 돌리며 주변에서 느껴지

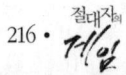

는 기운을 잡아 보려 했다.

하지만 그럼에도 느껴지는 건 아무것도 없었다.

아무래도 이 모든 것이 강력한 마기 때문인 것 같았다.

'어쩔 수 없지.'

이민준은 뒤를 돌아보며 소리쳤다.

"긴장을 늦추지 말고 빠른 걸음으로 성지로 향하겠습니다."

적에 대한 두려움 따위는 없으니까.

이럴 땐 차라리 세 번째 성지에 도착해서 진상을 확인하는 게 빠를 듯싶었다.

대략 40여 분 가까이 이동한 후였다.

출발지에서 성지까지 딱 절반 정도를 움직인 거다. 거치적거리는 놈들이 없어 빠르게 이동한 덕분이었다.

'금방 도착하겠어.'

이민준은 긴장을 늦추지 않은 채로 계속해서 속보로 걸었다.

그때였다.

후웅-

멀지 않은 곳에서 작은 일렁임이 느껴졌다.

'뭔가 불길한데?'

이민준은 미세하게 움직이는 마기의 흐름을 감지했다.

척-
손을 들어 올렸다.
처저적-
그러자 일행들이 모두 속도를 늦추며 주변을 경계했다.
아니나 다를까.
크스스-
땅이 움직이기 시작했다.
'역시!'
이민준은 적이 숨을 죽인 상태로 기다리고 있는 상황을 예상하고 있었다.
지금까지 조용한 게 수상했으니 말이다.
까스승- 까스승-
그렇게 예상을 했던 것처럼 시커먼 지면을 뚫고 썩어 가는 시체들이 일어서고 있었다.
《형! 형! 메이던 지역 전체예요! 전체에서 시체들이 일어서고 있어요!》
하늘에서 상황을 지켜보던 아서베닝이 놀랐다는 듯 소리를 질렀다.
"꺅! 징그러워!"
"으으! 이름 좀 봐요! 강화 좀비예요!"
뒤쪽 일행들이 소리를 질러 댄 것처럼 놈들의 이름은 강화 좀비였다.

이민준은 전투 자세를 취하며 놈들을 노려봤다.

놈들의 이름은 조금 옅은 붉은색이었다.

그렇다는 건 적어도 저 좀비들의 레벨이 200을 넘는다는 뜻이리라.

'뒤에서 조종하는 자가 있다는 거겠지?'

그렇지 않고서야 몬스터들이 매복을 했다가 중간에 나타날 리는 없을 테니 말이다.

"이놈들! 우리를 기다렸나 봐요!"

앨리스도 이민준과 같은 생각을 했던지 뒤쪽에서 소리쳤다.

"포일런일 겁니다. 그자가 이 지역을 관장하고 있는 것 같아요."

이민준은 자신의 솔직한 생각을 말해 주었다.

"저도 같은 생각이에요."

루나가 양손에 폭발 유리병을 쥔 채로 한 말이었다.

그렇다면 뭘 망설일까?

이민준은 일행들에게 말했다.

"뚫고 나갑시다!"

그러고는,

후우욱-

블랙 스노우에 절대자의 자격을 불어넣었다.

'이런!'

물론 평상시와 같은 에너지가 느껴지지는 않았다.

지역 전체를 감싸고 있는 마기가 간섭을 하고 있었으니 말이다.

'그렇다고 내 파워가 줄어든 건 아니다!'

쉬익-

이민준은 전방을 가득 메우고 있는 좀비들을 향해 블랙 스노우를 휘둘렀다.

그러자,

촤좌좍-

강력한 얼음 줄기가 전방을 향해 발사되었다.

꽈득-

블랙 스노우를 강하게 틀었다.

그러자,

콰스슥- 콰응-

강력한 얼음 폭발이 일었다.

좌좌좍-

상당한 거리까지 뻗은 냉기 공격이 수백의 좀비들을 깨부순 거였다.

'좋았어!'

이민준은 속으로 쾌재를 불렀다.

길이 뚫렸기 때문이었다.

하지만,

으으으-

어어어-

마치 가득 찬 수영장의 물을 손으로 밀어낸 것처럼 좀비들이 빠르게 밀려와 공간을 채우고 말았다.

'이런!'

그럴 만큼 좀비의 숫자가 엄청난 거였다.

"어쩔 수 없어요! 조금씩 앞으로 밀면서 나갈 수밖에요."

상황을 지켜본 앨리스가 안타까운 목소리로 한 말이었다.

"귀찮지만 어쩔 수 없겠죠."

그건 이민준도 인정하는 부분이었다.

들판을 가득 메운 좀비들을 일거에 제거할 수 없다면 놈들을 조금씩 제거하면서 앞으로 나가는 수밖에 없는 거다.

"시작하자! 킹 섀나!"

((흐어어! 분부대로 하겠습니다!))

쉬아악- 쉬엉-

이민준은 가장 가까이 보이는 좀비들을 향해 블랙 스노우를 그었다.

크에에에-

비록 그 힘이 줄어든 절대자의 자격이었지만, 고작해야 좀비 두세 마리를 동시에 죽이는 일은 아무것도 아니었다.

촤좍- 촤악-

좀비의 목이 하늘을 날았다.

((흐어어!))

킹 섀도우 나이트도 검으로 변한 양팔을 휘두르며 좀비들의 목을 빠르게 치고 있었다.

좌좌좌좌-

시커먼 좀비의 피가 하늘로 뿌려졌다.

"에윽! 더러워!"

놈들의 피가 일행들의 몸에 내려앉는 건 어쩔 수 없는 일이었다.

이런 종류의 전투는 결코 깔끔하게 끝날 수 없으니 말이다.

"받아라! 이 못된 좀비들아!"

쫘릉- 쫘광-

하지만 그럼에도 일행들은 조금도 위축되지 않은 채로 길을 만들며 씩씩하게 앞으로 나아가고 있었다.

이 정도면 조금 시간이 걸리긴 하겠지만, 무리 없이 세 번째 성지에 도착할 수 있을 것 같았다.

'이딴 함정이나 파다니!'

두고 보자! 포일런!

이민준은 어금니를 꽉 깨문 채로 검을 휘두르며 좀비들을 죽여 나갔다.

제8장

포일런

쉬악-

이민준은 손목 스냅을 이용해 블랙 스노우를 그었다.

그러자,

서거걱-

눈앞에 있던 좀비들의 목이 깔끔하게 잘린 채로 하늘을 향해 날아올랐다.

그와 동시에,

촤아아악-

시커먼 피가 사방에서 분수처럼 뿜어졌다.

"크흡!"

역겹고 진득한 피가 얼굴과 몸에 마구 튀었지만, 그다지 신경이 쓰이지는 않았다.

"후우!"

이민준은 숨을 크게 내쉬며 코와 입 주변에 있는 좀비의 피를 뱉어 냈다.

이미 거무죽죽한 피가 온몸을 뒤덮은 상황이었다. 피 몇 방울 더 튄다고 달라질 건 없다는 뜻이었다.

그때였다.

-형! 거의 다 왔어요! 전방으로 대략 100미터 거리에 할루스의 성전이 있어요!

하늘을 날면서 일행들을 지원하고 있던 아서베닝이 마법을 이용해 정보를 전해 주었다.

이민준은 다행이라고 생각했다. 꽤나 지루한 전투였기 때문이다.

무려 두 시간 가까이 좀비의 목을 자르며 주신의 성지로 향하고 있었다.

그렇게 참을성을 가지고 밀려드는 좀비를 해치우며 조금씩 조금씩 전진을 한 결과, 드디어 목적했던 주신의 성지에 다다른 것이다.

이민준은 아서베닝에게 텔레파시를 보냈다.

-성전에도 좀비가 있어?

-아니요! 성지 주변으로는 마치 보호막이라도 쳐진 것처럼 좀비들이 진입하지 못하고 있어요.

그렇단 말이지?

-베닝! 마법으로 성지에서 작동 중인 보호막이 어떤 역할을 하는지도 알 수 있을까?

-잠시만요! 분석해 볼게요!

크아아-

아서베닝과 대화를 나누는 사이, 썩어 문드러진 주둥이를 쩍 하고 벌린 좀비 하나가 이민준을 향해 달려들었다.

하지만,

((흐어어! 어딜 감히!))

촤좌좌좍-

킹 섀도우 나이트가 전광석화같이 튀어나와서는 이민준을 보호했다.

쉬잉- 사삭-

이민준도 재빠르게 검을 휘둘러 틈을 노리고 있는 강화 좀비의 머리를 날려 버렸다.

정말 지독히도 많은 숫자의 좀비를 죽인 것만 같았다.

슬쩍 지겹다는 생각이 들려던 참이었다.

-분석이 끝났어요! 저 보호막은 오직 마기와 좀비들로부터 성전을 보호하는 역할만을 수행 중이에요.

-그럼 우리는? 일행들은 진입이 가능한 거야?

-네! 가능해요. 살아 있는 생명체라면 누구든 들어갈 수 있는 곳이에요.

언데드인 좀비에게는 진입이 불가한 영역이란 거였다.

또한 그렇다는 건, 저 보호막 안쪽이야말로 이 지역에서 유일한 안전지대라는 뜻이기도 했다.

망설일 이유가 있을까?

후우욱-

이민준은 절대자의 자격과 미친 일곱 왕의 기운을 동시에 끌어 올렸다.

오랜 시간 사용하다 보니 두 가지 기운을 함께 사용하는 게 가능해진 거였다.

이민준은 끌어 올린 기운을 블랙 스노우에 집중했다.

그러자,

쉬이익-

강력한 눈 폭풍이 검을 통해 발현되는 순간이었다.

이민준은 일행들에게 소리쳤다.

"제가 스킬을 사용하고 나면 모두 전력을 다해 뛰는 겁니다!"

"알겠습니다!"

"그렇게 할게요!"

"염려 붙들어 매십시오!"

모두의 확답을 들은 후였다.

"흐합!"

이민준은 검을 휘둘러 전방을 막고 있는 강화 좀비들을

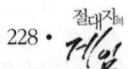

향해 눈 폭풍을 발사했다.

그러자,

쉬이잉- 쉬아악-

순식간에 몸집을 불린 눈 폭풍이 전방을 가득 메운 강화 좀비들을 빠르게 얼려 버렸다.

눈 한 번 깜빡이는 시간이었다.

"허어어!"

주변이 어찌나 냉각되었던지 숨을 내뱉는 입에서 하얀 입김이 뿜어져 나올 정도였다.

쩌거걱-

마치 얼음 조각들이 깔린 들판을 바라보는 기분이었다.

'볼 때마다 신기하네.'

그렇다고 해도 여유롭게 감상 따위를 할 시간은 없으니까!

"차압!"

이민준은 기합과 함께 블랙 스노우를 강하게 휘둘렀다.

그러자,

쉬앙-

면도날처럼 얇은 검기가 넓게 퍼지며 전방을 향해 날아갔다.

그러고는,

서거걱- 파앙-

흡사 수천 장의 유리가 박살이 나는 것처럼 좀비들의 몸이 산산이 조각나며 공중에서 반짝였다.

"지금이야!"

이민준은 소리를 지르며 전방을 향해 달렸다.

"가! 가!"

"달려! 달려!"

대기하고 있던 일행들이 저마다 소리를 지르며 훤하게 뚫린 길을 달렸다.

크어어어-

으어어-

그와 동시에 강화 좀비들이 양쪽에서 잔뜩 몰려들었다.

촤르르르-

순식간에 생긴 공간을 빠르게 메우려는 듯싶었다.

터덕-

이민준은 성전 바로 앞에서 걸음을 멈췄다.

그러고는,

"멈추지 마! 어서! 달려!"

뒤에서 따라오는 일행들을 독려했다. 혹여나 뒤늦게 오는 사람이 없는가를 확인하기 위해서였다.

다행히도 서로가 서로를 챙긴 일행들은 낙오자 없이 모두 주신의 성전 안으로 들어설 수 있었다.

타닥-

마지막으로 루나를 안아 든 크마시온이 성전으로 발을 들인 후였다.

"으차!"

이민준도 재빠르게 발을 빼서는 보호막 안으로 몸을 집어넣었다.

그러자,

흐르르-

마지막 남은 공간마저 좀비들이 차지하고 말았다.

주변이 좀비로 가득 차 버린 것이다.

으에에-

으으으-

성전을 중심으로 둥글게 작용하고 있는 투명 보호막이었다.

이민준은 바로 앞에 보이는 좀비들을 노려보았다.

으에으으-

시커먼 좀비들이 투명 보호막에 막혀 잔뜩 눌린 얼굴로 입을 뻐금거리고 있었다.

눈앞에 보이는 이민준을 물어뜯고 싶다는 듯 말이다.

'징그럽다, 이놈들아.'

고개를 흔든 이민준은 뒤로 돌아 일행들을 바라보았다.

"으엑! 으으! 끔찍한 전투였어요."

"그러게. 이건 긴장감이 문제가 아니라 더러움과의 전투였어."

"퉤! 퉤! 으! 싫다. 싫어."

좀비의 피를 잔뜩 뒤집어쓴 일행들이 지친 얼굴로 투덜 거리고 있었다.

이민준은 크마시온에게 말했다.

"뭐해? 마법으로 이 지저분한 것들 좀 털어 주지 않고?"

"앗! 알겠습니다, 주인님. 흐흐! 저만 믿으십시오. 클린 더 바디!"

양손을 든 크마시온이 마법을 외친 후였다.

차르르르-

흐르르르-

이민준은 발아래에서부터 올라오는 간지러움을 느꼈다. 아래쪽을 내려다보았다.

그러고 보니 비누 거품 같은 것들이 몸을 뒤덮으며 더러운 것들을 마구 씻어 내는 중이었다.

"으흣! 아홋! 이거 너무 간지러운데?"

"그러게나. 아홋! 간지러워."

루나와 앨리스, 그리고 에리네스가 간지러움에 몸을 비틀고 있었다.

"어, 어흠! 이게, 후훗! 정말, 흐홋! 간지럽구먼."

카소돈도 어색한 표정으로 클린 마법에 몸을 맡기고 있었다.

차르르륵-

마법은 그리 오래가지 않았다.

그럼에도,

"우와! 정말 깔끔해졌어!"

"역시! 크마시온! 네가 최고다, 최고!"

"으흐흐! 언제든 원하시면 말씀만 하세요!"

모두의 몸이 깨끗하게 변한 거였다.

클린 마법은 마법사라면 고작해야 10레벨 정도에 익힐 수 있는 초보 마법이었다.

몸과 옷에 묻은 더러운 것들을 깔끔하게 씻어 주는 마법.

그런 마법을 무려 200레벨에 가까운 크마시온이 사용했으니, 모두가 마치 새 옷을 입은 사람처럼 뽀송뽀송하고 반짝반짝하게 보이는 건 당연한 일이었다.

몸을 단정하게 하고 있는 사이,

쉬우웅-

시커먼 그림자가 모두를 뒤덮는가 싶더니 이내,

후웅- 터억-

드래곤에서 사람으로 변한 아서베닝이 우아한 자세로 바닥에 착지했다.

그 모습을 본 루나가 손뼉을 치며 말했다.

"와! 나는 만점."

"에이! 루나 님은 점수가 너무 후하세요. 저 같으면 8점을 줬을 겁니다."

"뭐, 인마?"

"히, 히끅! 아, 아닙니다. 귀가 참 밝기도……. 어흠!"

"이 자식이 진짜?"

"히익!"

화들짝 놀란 크마시온이 이민준의 뒤로 숨자 아서베닝이 씩씩거렸다.

"아오! 저걸 그냥 확! 그리고 루나, 너는 뭔데 내 착지에 점수를 매겨?"

"내 마음이지, 바보야. 메롱!"

"뭐, 바, 바보? 감히 하찮은 인간 주제에 이 드래곤님에게 바보?"

"뭐! 뭐! 어쩌라고!"

"아우! 저걸! 아후!"

귀여운 소년의 얼굴을 한 아서베닝이 마치 혈압이 오른다는 듯 손으로 뒷목을 잡았다.

피식-

이민준은 그런 일행들의 모습에 그만 웃음을 흘리고 말았다.

처음엔 아서베닝의 근처도 가지 못할 정도로 겁을 먹었던 루나였다.

드래곤에 대한 두려움이 상당했으니 말이다.

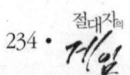

그런데 그러던 녀석이 아서베닝과 친해지더니 이젠 정말 편하게 대하고 있는 거였다.

이민준은 고개를 흔들며 말했다.

"그만들 해. 여기 놀러 온 거 아니잖아?"

"흠흠! 알았어요, 형."

"윽! 그럴게요, 오빠."

이민준의 말에 모두가 자세를 바로 했다.

세 번째 퀘스트를 마무리하기 위해 온 장소다.

집중해야 한다는 뜻이었다.

"흐음."

이민준은 시선을 돌려 하얀색으로 지어진 성전을 바라보았다. 대략 4층에서 5층 건물 정도의 높이를 자랑하는 웅장한 성당의 모습이었다.

'저 안에 포일런이 있단 말이지?'

그렇게 생각하는 순간,

땡-

[상처 : 세 번째 성지에 도착하였습니다. 188레벨에 도달한 루나와 함께 성전 안으로 들어가세요.]

상처가 퀘스트 내용을 알려 주었다.

이민준은 루나를 쳐다봤다.

"후우! 저는 준비가 됐어요."

유령을 만나야 한다는 긴장감에 표정이 경직되긴 했지만,

그렇다고 루나의 각오가 약한 건 아니었다.

이민준은 파티창을 열어 루나의 레벨부터 확인했다.

189.

엄청난 수의 좀비들을 죽이며 쌓아 올린 루나의 레벨이었다.

또한 퀘스트가 요구한 레벨도 충분히 넘었으니까.

'문제 될 건 없겠지.'

고개를 끄덕인 이민준은 루나에게 말했다.

"그럼 들어가 볼까?"

"네! 좋아요!"

이민준은 루나와 함께 성전 안으로 들어섰다.

보글보글-

"와! 세상에!"

루나가 감탄사를 내질렀다.

"뭐냐, 이게?"

이민준도 놀란 눈으로 성전 안을 둘러보았다.

아니, 이게 성전이 맞긴 한 건가?

주신의 성전이라면 뭔가 성스러운 장소여야 옳았다.

할루스의 석상이라든가, 아니면 근엄하게 그려진 유화가 있다든가 말이다.

하지만 이곳은?

기다란 복도와 여러 개의 방으로 이루어진 건물 내부는 생소하게 생긴 실험 장치들로 가득 차 있었다.

"이건, 와하! 정말 비싼 장비들이에요. 시약들은 물론이고 사용되는 장비들은……. 후우! 이 정도 실험실을 차리려면 나라 하나를 살 수 있을 정도의 돈이 필요하겠어요."

복도에 늘어선 장비들을 신기한 눈으로 바라본 루나가 처음 성전으로 들어설 때와는 전혀 다른 표정으로 소리쳤다.

호기심이 가득한 얼굴.

연금술사의 스킬과 연구 장비에 관심이 많은 그녀였다.

"여긴, 흐음! 주신의 성전이라고 보기는 어렵군요."

뒤따라 들어온 카소돈도 고개를 갸웃하며 한 말이었다.

왜 아니겠는가?

어느 모로 봐도 성전이라기보다는 전문 연구소와 같은 모습일 뿐이었다.

"으아! 세상에! 이것 좀 보세요, 루나 님! 에너지 추출기예요."

크마시온이 호들갑을 떨며 뛰어 들어왔다.

"마기가 가득한 지역에 이런 장소가 있었다니."

장비를 발견한 아서베닝마저 놀란 눈으로 주변을 두리번거렸다.

이민준은 조심스러운 눈으로 건물 전체를 훑어보았다.

'이런 곳에서 세 번째 성지를 활성화하는 게 가능할까?'

문득 그런 생각이 드려 할 때였다.
"저쪽이에요. 저쪽이 이 건물의 중심이에요."
건물의 구조를 살피던 루나가 알겠다는 듯 손짓을 했다.
세 갈래로 나뉜 복도 중 오른쪽 끝의 복도였는데, 그 끝에는 하얀색 문이 달려 있었다.

그렇다면 망설일 필요가 없는 거다.
"가 보자."
이민준은 앞장서서 걸었다.
만약의 사태에 대비하기 위해 블랙 스노우와 블랙 스톰을 단단하게 장비했다.
"킹 섀나와 아서베닝은 옆쪽을 방어하고, 앨리스는 뒤쪽을 맡아 줘요."
"알았어요, 형!"
((걱정하지 마십시오.))
"그래요, 한니발."
함께인 일행 중에서 방어력과 생명력이 가장 높은 이들이었다.
혹시 모를 적의 공격에 대비하기 위해서는 꼭 필요한 진형이었다.
터덕-
이민준은 문 앞에 섰다.
그러고는,

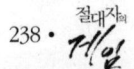

후우욱-

절대자의 자격을 불러일으켜 문 너머에 위협이 없는지를 확인했다.

'다행히 느껴지는 건 없구나.'

고개를 끄덕였다.

물론 그렇다고 해도 안심할 수 있는 건 아니니까.

턱-

이민준은 절대자의 자격으로 온몸을 보호한 상태에서 문의 손잡이를 돌렸다.

그러고는,

터컹-

문을 열었다.

화읔-

그러자 밝은 빛이 뿜어지며 주변을 뒤덮었다.

'뭐냐?'

척-

이민준은 블랙 스톰을 앞으로 내민 상태로 전방을 노려보았다.

만약 이 불빛이 적의 공격이었다면 그걸 모를 리가 없을 터였다.

최소한의 반응이라는 게 있는 거니까.

하지만 불빛에 노출된 지금, 이민준이 느낄 수 있는 건 아무엇도 없었다.

'그렇다는 건?'

후욱- 후욱-

이민준은 오른손에 집중했다.

주신의 상처를 이용해서 불빛의 유해성을 파악하기 위해서였다.

그러자 상처가 빠르게 불빛을 분석한 후 답을 내주었다.

띵-

[상처 : 당신을 비추고 있는 불빛에는 위협적 요소가 존재하지 않습니다.]

'그냥 불빛이란 말이지?'

이민준은 고개를 끄덕였다.

문밖에서 방 안의 상황을 살폈을 때 위협이 될 만한 건 아무것도 없었다.

어쩌면 당연한 결과인지도 몰랐다.

'그럼 이 불빛은 뭐야?'

이민준은 경계를 소홀히 하지 않은 채로 전방을 주시했다.

'역시.'

불빛을 내뿜고 있는 건 다름 아닌 앞쪽에 설치된 커다란 랜턴이었다.

공격을 위한 장치가 아니라면 대체 저게 왜 작동하고 있

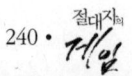

는 걸까?

'설마?'

그러다 문득 아파트에 설치된 자동 등이 생각났다. 동작 감지기로 작동하는 복도 등 말이다.

맞는 걸까?

고민할 필요는 없었다.

궁금한 건 확인을 해 보면 그만이니까.

척-

이민준은 손을 들어 일행들에게 옆으로 물러날 것을 명령했다.

스슥-

그러자 일행들이 벽 쪽으로 붙었다.

터걱-

이민준 또한 옆으로 비켜서서 불빛의 영역에서 벗어났다.

그러자,

터엉-

랜턴이 꺼졌다.

아무래도 예상이 맞는 것 같았다.

"어? 이거 자동 장치인가 봅니다, 주인님."

뒤쪽에서 크마시온의 목소리가 들려왔다.

"그래. 나도 같은 생각이야."

이민준도 고개를 끄덕이며 다시금 방으로 들어섰다.

터엉-

그러자 이민준의 움직임을 감지한 랜턴이 다시 켜졌다.

당연한 이야기지만 그다지 신경이 쓰이지는 않았다.

이민준은 옆으로 움직여 불빛의 영역에서 벗어났다. 그러자 방의 전체적인 모습이 시야에 들어왔다.

후우웅-

방은 마치 거대한 공장처럼 여러 가지 장치들이 연결된 채로 작동하고 있었다.

'뭘 하고 있는 거야?'

그렇게 생각할 때였다.

"우와! 이건?"

뒤따라 들어온 루나가 커다란 눈으로 여기저기를 둘러보며 말했다.

"엄청난 생산 시설이에요."

"알면 알수록 놀라운 장소네요."

크마시온도 턱을 달그락거리며 감탄을 했다.

이민준은 방으로 들어선 일행들을 확인했다.

누구라고 할 것 없이 높은 천장 가까이 솟은 생소한 장치를 보느라 정신이 없어 보였다.

"여러분?"

이민준은 간단한 말로 일행들의 시선을 끌어왔다. 그러고는 말했다.

"일단은 제가 먼저 안전을 확인할 겁니다. 그동안은 다른 곳에 가지 말고 여기서 기다려 주세요."
"네. 그럴게요."
"걱정하지 마세요."
"킹 섀나, 그리고 아서베닝, 일행들을 지켜."
((흐어어! 분부대로 하겠습니다, 주인님.))
"조심하세요, 형."
고개를 끄덕여 준 이민준은 안쪽을 향해 천천히 걸어 들어갔다.

중학생 시절 학교에서 단체로 공장 견학을 갔던 적이 있었다.
자동차를 만드는 공장이었는데, 그중 자동화 기기로만 작업을 하는 구간에 꽤 많은 관심을 쏟았던 기억이 있었다.
이민준은 고개를 끄덕였다. 마치 이곳이 그때 봤던 공장과 비슷해 보였기 때문이다.
쿠웅- 쿠웅-
방 안에 설치된 장치들은 끊임없이 작동하면서 무언가를 만들고 있었다.
'대체 뭘 만들고 있는 거지?'
그렇게 생각할 때였다.
휘익-

무언가가 빠르게 지나가는 느낌이었다.

차자-

이민준은 직감적으로 블랙 스톰을 들어 방어 자세를 취했다.

이곳은 유령이 되었을지도 모를 포일런의 영역이었다.

그렇다는 건 새로운 공격에 대비해야 한다는 뜻이기도 했다.

그렇게 생각하는 순간,

휘익-

뭔가가 또다시 움직이는가 싶더니, 이내 반투명한 모습을 한 흑인이 앞을 가로막았다.

'포일런?'

눈앞에 나타난 반투명의 사내는 우스꽝스러운 복장을 하고 있었다.

그런 그가 믿지 못하겠다는 눈으로 이민준을 훑으며 말했다.

"넌 뭐하는 놈이냐? 그리고 여긴 어떻게 알고 들어온 거고?"

이민준은 당황하지 않았다.

어떻게든 마주칠 유령이었으니까.

방어 자세를 유지하며 물었다.

"당신이 포일런이요?"

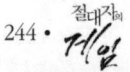

"나를 알아? 나를 알고 찾아온 거야?"

그러고 보니 반투명한 포일런의 머리에는 이름이 달려 있었다.

그 또한 반투명한 모습으로 말이다.

이민준은 그의 이름을 확인했다.

연금술사 포일런.

'유저?'

포일런의 이름 색깔을 확인하는 순간 놀랄 수밖에 없었다. 그의 이름이 검은색이었기 때문이다.

"그러고 보니 네놈에게서 할루스의 냄새가 나잖아? 뭐야? 할루스가 시켜서 나를 찾아왔어? 그자의 사냥개라도 된다는 거냐?"

포일런이 굳은 표정으로 물은 거였다.

이민준은 고개를 흔들며 대답했다.

"멸망을 막기 위해 이곳에 왔을 뿐, 누군가의 사냥개 역할을 하기 위해 온 게 아니요."

그러다 문득 조금 전 좀비들에게 공격당한 일이 떠올랐다.

"그런데 당신은 내가 온 걸 알고 있었던 거 아닌가? 강화 좀비를 이용해서 나와 일행들을 공격했잖아?"

"무슨 개똥 같은 소리야?"

이민준의 물음에 포일런이 불같이 화를 냈다.

그러다가,
"오! 오! 지금 뭐라고 했지? 강화 좀비라고 했어?"
포일런은 뭔가를 떠올렸다는 듯 움츠러든 자세로 물은 거였다.
이민준은 조금 더 강한 어조로 말했다.
"당신이 공격한 게 아니란 소리야?"
"아니야. 나는 아니야. 그런데 강화 좀비라니. 말 좀 해 보게?"
진짜 몰라서 묻는 건가?
유령의 진심을 알기는 쉽지가 않았다.
어쨌든 녀석이 물은 거니까.
이민준은 조금 전 성지 밖에서 치른 전투에 대해서 설명해 주었다.

"세상에! 그러니까 그것들이 땅에서 솟아 나왔단 말이지? 자네들이 메이던 지역 중간쯤 들어왔을 때 말이야?"
"그래."
"하! 그것참, 대단하군. 정말 대단해! 흐흐흐!"
유령이 신이 났다는 듯 웃어 댔다.
사람이 공격당했다는데 뭐가 좋다는 거야?
"으흠."
이민준은 불쾌한 심경을 감추지 않았다.

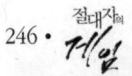

그러자,

"오! 오! 미안, 미안. 자네 기분 나쁘라고 그런 건 아니야."

포일런은 진심이 담긴 표정으로 사과했다.

대체 이 사람은 뭐야?

아니, 이 유령이지.

어쨌든.

그런 생각이 드려 할 때였다.

"그런데 자네, 조금 전 멸망을 막고 싶어서 왔다고 그랬나?"

끄덕-

"흐음, 결국 할루스가 에너지를 개방하려 한다는 말이지?"

"성지 활성화에 대해 뭔가를 알고 있단 말인가?"

"알지. 물론 알지. 이곳에 건물을 지은 이유가 그걸 이용하려고 한 건데 말이야. 그런데 이상하네?"

고개를 갸웃한 포일런이 천천히 움직이며 말을 이었다.

"멸망이 나타나려면 꽤 기나긴 세월이 필요한데 말이야. 내가 여기 들어온 지 얼마나 지났지? 1년? 2년?"

이민준은 황당한 기분이었다.

포일런이 이곳에 들어온 지 고작 1~2년이라고 생각한다니.

그런 이민준의 표정을 눈치챘는지 포일런이 불안한 얼

굴로 물었다.

"뭐야? 뭔데 그런 표정을 짓고 있는 거야?"

이민준은 고개를 흔들며 대답해 주었다.

"당신이 이 성전을 지은 지 적어도 수백 년은 넘게 지난 걸로 알고 있는데?"

"뭐? 수백 년? 말도 안 돼! 그렇다면 내가 죽은 지 수백 년이나 지났다는 말이야?"

포일런은 마치 전 재산을 잃은 사람처럼 기운이 쭉 빠진 모습이었다.

'이건 뭔가 할 말이 많겠는걸?'

이럴 땐 도움을 줄 인재들이 필요했다.

하지만 그 전에 확인을 해야 하는 것도 있었다.

이민준은 주신의 기운을 불러일으켜 조심스럽게 포일런의 몸을 확인했다.

그러자,

"뭐야? 뭐하는 거야?"

포일런이 알아채고는 화들짝 놀랐다. 이민준은 한 치도 물러서지 않은 채로 말했다.

"적어도 당신이 우리에게 위협이 되는지는 확인해야 하잖아."

"이런! 망할! 그럴 일 없어! 난 나한테 적대감이 없는 자들을 공격하지 않는다고."

이민준은 입은 다문 채로 포일런의 전신을 훑었다.

그러자,

"이런! 제길! 그렇게 의심이 나면 네놈이 가진 그 잘난 능력으로 확인해 보든가!"

포일런이 화를 냈다.

뭐, 그렇다고 해도 어쩔 수 없는 일이었다.

안전은 언제나 중요한 거니까.

후우욱-

이민준은 다시금 절대자의 자격을 불러내서는 포일런의 몸을 점검했다.

"으아! 유, 유령이다."

포일런을 보자마자 루나가 처음으로 꺼낸 말이었다.

"이봐, 꼬마야, 유령을 앞에 두고 그런 표정을 짓는 건 실례야. 보는 유령이 기분 나쁘잖아."

엄한 표정으로 루나를 꾸짖은 포일런이 순간 놀랐다는 얼굴로 말했다.

"오오! 이것 봐라. 리치 아니야? 리치가 용케도 들어왔군. 여긴 언데드 출입 금지 구역인데 말이야."

포일런이 재밌다는 듯 크마시온에게 바짝 다가가 말했다.

달그락- 달그락-

그러자 크마시온이 불쾌하다는 것처럼 턱을 떨었다.

이민준은 고개를 흔들었다.

포일런의 말이 틀린 건 아니었으니까.

리치는 기본적으로 언데드에 속했다.

하지만 그런 사실과 크마시온이 이곳에 들어오는 것은 다른 문제였다.

왜 아닐까?

"흐흐흐!"

포일런이 능글맞게 웃으며 말했다.

"하기야, 여긴 할루스의 힘이 작용하는 곳이지. 가만 보자. 너는 저자의 소환수가 확실하구나. 주신의 전사가 소환한 소환수. 그러니 버젓이 주신의 영역에 들어올 수 있었겠지. 저기 시커먼 놈하고 같이 말이야."

((흐어어.))

'제법인걸?'

이민준은 내심 놀랄 수밖에 없었다. 포일런의 통찰력이 제법 뛰어났기 때문이다.

그가 계속해서 말했다.

"할루스의 사냥개가 둘에, 유저가 네 명. 오호! 거기에 드래곤까지?"

"흥!"

포일런의 말에 아서베닝이 코웃음을 쳤다. 녀석 또한 이런 상황이 마음에 들지 않았던 모양이었다.

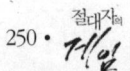

"뭐 그렇게까지 뻣뻣하게 굴 거 없어. 아까도 말했지만, 난 너희에게 적대감이 없다고."

휘익-

말을 한 포일런이 마치 새처럼 공중을 한 바퀴 돌고는 다시 돌아왔다. 그러고는 말했다.

"그사이 몇백 년이 지났다니! 유령의 시간이란! 참 덧없군그래!"

고개를 흔든 포일런이 계속해서 말했다.

"그런데 말이야, 할루스의 전사. 자네가 말한 강화 좀비. 어떻던가? 의식이 있어 보였어? 자아 같은 거 말이야. 뭔가를 생각한다거나, 또는 의사를 전달한다거나. 그런 건 없었나?"

이민준은 고개를 흔들었다.

두 시간이 넘는 전투 중에서 의식 비슷한 걸 보이는 좀비는 단 한 마리도 없었으니까.

"하아! 이거 아쉽군."

포일런이 고개를 떨구었다.

뭔가를 상당히 기대했던 모양이었다.

그때였다.

"뭡니까? 좀비가 당신이나, 혹은 이 시설과 연관이 있는 겁니까?"

질문을 한 사람은 카소돈이었다.

그는 누구보다 주신의 일에 관심이 많은 사람이니까.
"좋은 질문이야, 할루스의 사제. 사실 이건 내 연구와 큰 관련이 있는 거거든."
"좀비가 말인가?"
이민준의 물음에 포일런이 고개를 돌리며 말했다.
"맞아."
"뭐야? 그렇다면 강화 좀비는 당신이 만든 게 맞는다는 소리잖아?"
"워워! 그렇게 무서운 눈으로 노려보지 말아 줘, 할루스의 전사. 나는 단지 연구에만 몰두했을 뿐이라고."
"무슨 연구?"
이민준의 물음에 살짝 난처한 표정을 지은 포일런이 어쩔 수 없다는 듯 움직였다.
"따라와. 보여 주지."
저걱- 저걱-
유령을 따라간 곳은 커다란 방의 맨 끝 쪽이었다.
포일런이 말했다.
"이 기계 장치, 그리고 밖에 있는 모든 약품은 오직 하나의 목적을 위해 존재를 하지."
철컹- 털컹-
포일런이 바쁘게 움직이며 장치들을 제어했다.
그러자,

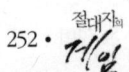

취이- 푸쉭- 쿵쿵-

이곳저곳에서 하얀 수증기와 파란 수증기가 올라왔고,

탁탁- 쿠웅-

뭔가가 만들어지고 있는 듯 가까이에 있는 둥근 관이 들썩였다.

포일런이 계속해서 말했다.

"내가 여기까지 와서 연구에 몰두한 건 정말 새로운 걸 만들고 싶어서야. 내가 원했던 것! 그리고 모든 사람이 원했던 걸 말이지!"

콰직- 쿠웅-

그가 몇 가지를 더 조작하자 시끄럽던 기계가 서서히 조용해지기 시작했다.

스스슥-

포일런이 서서히 움직이며 말했다.

"그 결과물이란 게 말이야. 신의 기운이라는 거, 그런 게 꼭 필요한 건 바로 이거야. 내가 개발한 생산물 말이지."

철컥-

유령이 레버를 내렸다.

그러자,

스르륵-

둥근 관의 문이 열리며 포일런이 말한 생산물이 모습을 드러냈다.

"어어?"
"세상에!"
"이게 말이 돼? 거짓말 아니야?"
 일행 모두가 비명에 가까운 소리를 질렀다.
 그리고 그건 이민준도 마찬가지였다.
 짧게 숨을 내뱉은 이민준은 눈을 치켜뜬 채로 관 안에 든 생산물을 확인했다.

제9장

연속 퀘스트

"순수함 그 자체야! 누구도 범접할 수 없는 완벽함이라고!"

포일런은 마치 예술 작품을 평가하듯 자신의 생산물을 자랑하고 있었다.

신이 나서 떠들어 대는 모습이라니.

"이건 진짜……."

하지만 그런 포일런과는 달리 이민준은 오싹함을 느낄 수밖에 없었다.

왜 아니겠는가?

포일런이 생산물이라고 자랑하고 있는 건 다름 아닌 인간이었다.

아니, 인간의 형상이라고 해야 하나?

이민준은 다시금 원통 안에 든 '생산물'을 쳐다봤다.

생산물이라고 칭해진 그건 흡사 포일런을 닮은 성인 남성의 모습이었다.

단지 다른 점이라면 어정쩡한 피부 색깔에, 나이는 대략 20대 청년처럼 보인다는 것뿐.

생동감이 없는 인형이라고 해야 할까?

이민준은 고개를 흔들며 물었다.

"살아 있는 건가?"

그러자 포일런이 살짝 어두워진 표정으로 대답했다.

"아니, 아니야. 이건 살아 있는 생산물을 만드는 게 목적이 아니야."

"그럼 뭔데?"

"나는 내 영혼이 들어갈 몸을 만들고 있는 것뿐이라고."

"오! 할루스여!"

포일런의 말을 들은 카소돈이 화가 난 얼굴로 소리쳤다.

"그렇다면 지금까지 당신의 몸이나 만들자고 계속해서 이런 시체들을 생산해 왔단 말입니까?"

카소돈의 얼굴이 붉으락푸르락 변했다.

어쩌면 당연한 일일지도 몰랐다.

그는 성직자니까.

생명을 가지고 실험을 하는 연금술사라니!

어찌 화가 나지 않을 수 있을까?

하지만 그런 카소돈의 반응에도 포일런은 당당한 모습이었다.

"당신은 대체……."

카소돈이 어이없어했다.

그러자 포일런이 말을 꺼냈다.

"뭐가 문젠데? 나는 그저 연금술로 인간을 형성하는 유기물들을 만들고, 그걸 조합했을 뿐이야. 이건 천재적인 거라고. 인간의 장기를 만들어 내고, 그걸 조합해서 하나의 완성체를 만든 거잖아? 뭐가 문젠데?"

"당신이 만든 건 인간이잖아!"

카소돈은 눈이 벌겋게 변할 정도로 크게 화를 내고 있었다.

처적-

그러자 일행들 모두 전투 자세를 취했다.

지금까지 한 번도 화를 낸 적이 없는 카소돈이다.

그런 그가 이렇게나 불같이 화를 내고 있으니 일행들이 반응한 거다.

일행들 입장에선 당연히 카소돈을 옹호할 수밖에 없는 거니까.

"나 참! 꽉 막힌 성직자 같으니라고. 저런 자들이 요직에 있으니 이 세계가 발전이 없지."

연속 퀘스트 • 259

"말조심하시오!"

"푸훗!"

포일런이 상대하고 싶지도 않다는 듯 손을 내저으며 말했다.

"그래서 뭐? 지금 나랑 싸우자는 거야? 인간의 도덕? 윤리? 뭐 그딴 걸 꺼내 들겠다고? 웃기지도 않네! 내가 누구한테 피해를 줬는데? 내가 누굴 죽이기라도 했나?"

"당신 정말!"

카소돈은 어금니를 꽉 깨문 채로 숨을 씩씩댔다.

그럴 만큼 포일런이 보여 준 장치는 보는 이로 하여금 사람을 분노케 하는 거였으니까.

고민스러운 일이었다.

그렇다고 뭔가 해결책이 있는 것도 아니고.

이민준은 고개를 흔들며 상처에게 물었다.

'이게 퀘스트랑 연관이 있는 거라면 해결책을 줘야 하는 거 아니야?'

그렇게 묻자,

띵-

[상처 : 세 번째 성지의 활성화는 포일런과 루나에게 달려 있습니다. 이 문제의 해결책은 둘이 제시할 수 있습니다.]

난해한 답변을 내놓을 뿐이었다.

'이것 참.'

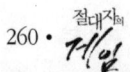

이민준은 포일런과 루나, 그리고 왠지 꺼림칙하게 느껴지는 '생산물'을 차례대로 둘러보았다.

아무리 화가 난다고 해도 결국 해결책은 저자가 가지고 있는 거니까.

이민준은 최대한 감정을 조절하며 포일런에게 말했다.

"일단은 우리가 집중해야 할 문제부터 이야기를 나눠야겠군."

"그게 뭔데?"

"아까도 말했지만 내가 이곳에 온 건 멸망을 막기 위해서야. 그거에 대해선 할 말이 없어?"

이민준의 말에 포일런이 고개를 돌려 루나를 쳐다봤다. 그러고는 말했다.

"어이, 꼬마, 자네 연금술사지?"

"그, 그런데요?"

"188레벨을 넘겼나?"

"넘겼어요."

"이것 참, 흥미롭군. 할루스가 알아서 188레벨의 연금술사를 보내 줄 줄이야!"

그가 뭔가를 생각하는 듯 공중을 한 바퀴 돌고는 다시금 내려와 말을 이었다.

"아무래도 우리끼리 이야기를 좀 나눠야 할 것 같군. 자네랑 이 꼬마 말이야."

포일런이 턱짓으로 카소돈을 가리키며 말을 이었다.

"저 종교인은 너무 민감하게 반응해서 함께 있으면 대화가 될 거 같지 않아."

그건 이민준도 동의하는 바였다.

물론 이곳 실험실에서 도덕적, 그리고 윤리적으로 논란이 될 만한 일이 벌어지고 있는 건 사실이었다.

하지만 지금 그걸 따진다고 뭐가 달라지는 게 있을까?

포일런이 말했듯 그가 살아 있는 무언가를 만들어서 다시 살해한 것도 아니니 말이다.

고개를 흔든 이민준은 포일런에게 말했다.

"조용하게 대화를 나눌 수 있는 곳이 있다면 그곳으로 가지."

"좋아. 따라오게."

"잠시만."

포일런에게 기다려 달라고 요청한 이민준은 카소돈에게 다가가 상황을 양해해 달라고 부탁했다.

무엇보다 중요한 건 멸망을 막는 일이니 말이다.

그러자 카소돈도 이해한다는 듯 자기 뜻을 굽혔다.

그 또한 이곳에서 끔찍한 살인이나 잔인한 사건이 벌어지고 있는 게 아니란 걸 인지하고 있었다.

그렇다면 일단은 진정이 된 거다.

일행들에게 카소돈을 부탁한 이민준은 루나와 함께 포일

런이 안내한 장소로 움직였다.

"그러니까 당신이 만든 성전이 소이엄 대륙에도 있다는 말인 거군."

이민준의 물음에 포일런이 고개를 끄덕이며 대답했다.

"그래. 맞아. 후우! 거기 두 군데에 성전을 짓느라고 진땀을 좀 뺐지. 죽음의 땅이 보통 대륙인가? 말 그대로 끔찍한 곳이었어."

이민준은 포일런을 정면으로 쳐다봤다.

이건 정말 뜻밖의 사실이었다.

주신과 대척점에 있는 포일런이 주신의 성전을 3개나 만들었다니?

물론 이 모든 일은 포일런의 개인적인 욕심 때문이었다.

신선한 몸에 자신의 영혼을 담기 위해서 말이다.

'그리고 그런 포일런의 욕망을 할루스가 이용한 거겠지.'

대단하다는 생각이 들었다.

할루스와 포일런의 관계라니.

이민준은 고개를 흔들었다.

하기야.

할루스는 멸망을 막기 위해 마기조차도 거리낌 없이 이용하는 신이었다.

주신이긴 하지만 이곳 세상에서도 논란이 되는 그런 신?

일단은 복잡한 생각을 떨어냈다.

어쨌든 그렇다고 해도 포일런이 주신의 일곱 성지 중 세 군데에 성지를 만들었다는 건 변함없는 사실이니까.

포일런이 계속해서 말했다.

"할루스는 자신의 성지에 영향을 줄 수 있는 무언가가 필요했던 거야. 자네도 알겠지만, 남들 몰래 한 일이니 말이야. 내가 그 점을 정확하게 파고든 거지. 그러니 마기나 나 같은 존재를 이용한 거지."

그건 이해할 수 있는 부분이었다. 적어도 멸망을 속이기 위한 일이었으니 말이다.

또한 그 일로 인해 크게 손해를 입거나, 손해를 본 종족도 없었다.

차라리 잘된 일인지도 몰랐다.

이번 퀘스트를 제대로 처리할 수 있다면 무려 성지 세 군데를 동시에 활성화할 수 있는 거다.

이 얼마나 아름다운 시간 절약이냐?

이민준은 포일런을 정면으로 쳐다보며 물었다.

"그러니까 당신의 요구는 소이엄 대륙에서 백발 마녀의 꽃을 찾아 달라는 말이지?"

"그래. 맞아! 내 실험의 종지부를 찍어 줄 최종 재료야. 오직 소이엄에서만 구할 수 있지."

"정말 백발 마녀의 꽃만 찾아다 주면 되는 거야?"

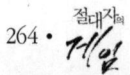

"그래! 맞아. 내가 이곳에서 진행한 실험으로 얻은 연금술 스킬과 백발 마녀의 꽃에서 추출한 진액만 있으면 영혼이 깃들 수 있는 몸을 만들 수 있는 거라고!"

"아니, 그렇게 해 주면 당신이 이 시설을 포기하고, 성지 세 군데를 활성화해 줄 수 있느냐고."

"오! 오! 당연하지! 내가 몸을 얻고 나면 이 신전이 무슨 소용이 있겠나? 안 그래?"

"그건 그렇지."

살짝 소름이 끼치는 말이긴 했지만, 어쨌든 그게 포일런과의 거래 조건이었다.

원하는 물건을 구해 주면 성지 3개를 모두 활성화해 주겠다는 조건 말이다.

이민준은 고개를 끄덕였다.

포일런이 말했듯 그에게 마지막 남은 숙제는 바로 백발 마녀의 꽃이었다.

그가 1~2년이라고 믿고 있지만, 실제로는 수백 년에 걸친 실험을 통해 얻어 낸 결과다.

영혼이 깃들 수 있는 성체의 인간을 만들어 내는 연금술.

그리고 그 대미를 장식할 재료가 바로 백발 마녀의 꽃인 거다.

그러다 문득 궁금한 생각이 들었다.

이민준은 포일런을 정면으로 쳐다보며 물었다.

"실험을 통해 해결 방법을 알았다면 왜 직접 나서서 구하러 가지 않은 거지?"

"뭐? 아이고, 이 친구야! 날 보게. 내가 실체가 있는 존재로 보이나? 신전 안이야 내가 여러 에너지를 이용해서 움직이고 작동할 수 있지만, 바깥세상은 아니라네. 즉, 나는 그저 유령일 뿐이라고!"

"그래. 그건 사실이지. 그런데 왜 188레벨의 연금술사가 필요한 거야?"

이민준의 물음에 히죽 웃은 포일런이 루나를 위아래로 훑어보며 말했다.

"그건 내가 전수해 줄 스킬이 바로 188레벨의 스킬이기 때문이야."

"제게 스킬을 전수해 주신다고요?"

조용히 있던 루나가 순간 눈을 반짝이며 물었다. 역시나 연금술과 스킬에는 큰 호기심을 보이는 녀석이었다.

그러자 포일런이 재밌다는 듯한 얼굴로 말했다.

"그렇단다, 꼬마야. 나는 너에게 백발 마녀의 꽃을 추출하는 스킬을 전수하려고 한단다."

"아!"

포일런의 대답을 들은 루나는 살짝 실망한 듯한 얼굴이었다.

뭔가를 기대하고 있었던 건가?

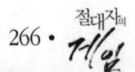

그렇게 생각하니 살짝 감이 잡히긴 했다.

따지고 보면 포일런은 연금술사 중에서도 전설로 통하는 인물 아닌가?

루나는 그런 포일런이 자신에게 뭐가 대단한 스킬을 알려주는 줄 알고 있었던 모양이었다.

이민준은 안쓰러운 마음으로 루나의 등을 쓰다듬어 주었다.

그때였다.

띵-

[상처 : 세 번째 퀘스트를 해결하기 위한 연계 퀘스트가 주어집니다.]

[이번 퀘스트는 네 번째와 다섯 번째 퀘스트를 동시에 해결할 수 있는 퀘스트입니다.]

[퀘스트의 목적은 총 3개의 성지를 활성화할 수 있는 포일런의 의뢰를 해결하는 겁니다.]

퀘스트 조건 : 백발 마녀의 꽃을 안전하게 추출하여 포일런에게 가져다주시오.

이민준은 퀘스트를 다시 확인했다.

포일런이 말했던 걸 상처가 확인시켜 준 거다.

그렇다는 건 유령이 된 연금술사의 말이 모두 진실이라

는 뜻도 되는 거다.

처리해야 할 일을 알았는데 망설일 이유가 뭐가 있을까?

이민준은 자리에서 일어나며 말했다.

"일행들과 상의를 하고 말해 주지."

"그래. 그렇게 해. 하지만 거절 같은 건 하지 마. 그건 자네나 나에게 상당한 피해라고."

포일런은 살짝 조바심을 내는 모습이었다.

크마시온만큼이나 영생을 욕심내는 존재니까.

피식하고 웃은 이민준은 방을 나섰다.

"그게, 그러니까 사실이란 말이군요."

모든 내용을 전해 들은 카소돈은 꽤나 충격을 받은 표정이었다.

왜 안 그러겠는가?

자신이 모시는 신이 이 모든 상황을 알고도 포일런에게 성지를 허용했으니 말이다.

드륵-

자리에서 일어선 카소돈은 나라를 잃은 사람처럼 어깨를 축 늘어트린 채로 방 안을 서성였다.

생각을 정리하는 게 분명했다.

"카소돈 님은 괜찮으시겠죠?"

루나가 걱정스러운 표정으로 물었다. 이민준은 그런 루나

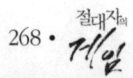

의 머리를 쓰다듬어 주며 대답했다.

"걱정하지 마. 바위 같은 분이라 쉽게 무너질 리가 없어."

조금의 시간이 지난 후였다.

이민준의 생각이 맞았던지 카소돈이 평정심을 찾은 얼굴로 일행들에게 다가왔다. 그러고는 말했다.

"어쩌면 저의 믿음이 부족했는지도 모릅니다. 반성하게 되는군요. 주신께서 주신 퀘스트라면 분명한 뜻이 있을 거라 믿습니다."

카소돈이 흔쾌히 이번 퀘스트를 함께하자고 수락한 거다.

"힘든 결정 하셨습니다."

이민준은 손을 내밀어 카소돈과 뜨거운 악수를 나누었다.

으어어어- 아아아아-

신전 밖은 여전히 좀비들로 득실거리고 있었다.

만약 세 번째 성지가 활성화되었다면 좀비들은 모두 없어졌을 터였다.

하지만 아직은 활성화되지 않았으니까.

'백발 마녀의 꽃만 찾아내면 이놈들도 싹 사라지는 거겠지?'

고개를 끄덕인 이민준은 시선을 돌려 포일런을 쳐다봤다.

"후우! 세상에! 정말 강화 좀비가 된 거로군그래."

포일런이 살짝 미안한 표정을 지었다.

"모르는 일이라고 하지 않았나?"

"이렇게 될 줄은 몰랐다는 거지. 자! 어쨌든 여길 벗어나야 하지 않나?"

이곳은 마기로 가득 찬 지역이었다.

그렇기에 마법을 이용한 순간 이동이나 주문서를 이용한 이동 마법이 불가했다.

이민준은 포일런에게 물었다.

"방법이 있다는 거야?"

"물론 있지. 내가 꽤 철저한 사람, 아니 유령이거든."

살짝 윙크한 포일런이 신전의 벽으로 다가갔다. 그러고는 벽에 숨겨져 있던 레버를 내렸다.

그러자,

그그그궁—

지진이라도 난 것처럼 땅이 흔들렸다.

이민준은 놀란 눈으로 성전 밖을 쳐다보았다.

끄등— 까당—

땅에서 치솟아 오른 건 다름 아닌 육교였다.

주신의 성전에서 메이던 지역 바깥까지 연결된 거대한 육교.

"혹시 몰라서 이곳 성전을 만들면서 함께 심어 놓았던 다리라네. 유령은 모름지기 준비성이 철저해야 하거든."

포일런이 뿌듯하다는 얼굴로 말한 거였다.

"흐음."

나쁘지는 않았다.

아니, 오히려 만족스럽다고 해야 할까?

굳이 소모적인 전투를 치를 이유는 없으니 말이다.

더군다나 더러운 피를 사정없이 뿌려 대는 강화 좀비와의 전투라면 더더욱 사양하고 싶었다.

끈적이는 피를 온몸에 뒤집어쓰는 게 유쾌한 경험은 아니지 않은가?

이민준은 튼실하게 만들어진 육교를 바라보았다.

으으으- 아아아-

그리 많은 숫자는 아니었지만, 육교 안에도 좀비들이 어슬렁거리고 있었다.

건축물 자체가 땅에서 솟은 거였기에, 그 위에 있던 좀비들까지 육교로 들어온 것이다.

그건 어쩔 수 없는 일이었다.

챙- 터억-

블랙 스노우를 꺼내 든 이민준은 성전과 연결된 계단을 타고 올라 육교로 들어섰다.

그러고는,

후우욱-

절대자의 자격을 끌어 올려 블랙 스노우에 주입했다.

'고작 이 정도는 문제도 아니지!'

으에으으-

이민준을 발견한 강화 좀비들이 빠르게 달려들었다.

하지만,

쉬앙-

가볍게 그어진 블랙 스노우에서 발사된 검기가 한발 더 빨랐다.

쉬쉬쉭- 파아앙!

검기에 닿은 좀비들이 순식간에 얼음 조각으로 변하는가 싶더니, 이내 사정없이 터져 버렸다.

반짝이는 유리 조각이 공중에 수를 놓는 순간이었다.

쉬잉- 쉬아앙-

이민준은 연달아 10개의 검기를 발사했다. 육교의 끝까지 늘어선 좀비들을 해치우기 위해서였다.

쉬쉬쉬쉭-

파앙- 파바방-

거리가 멀기는 했지만 검기로 인해 부서지는 좀비를 확인하는 건 일도 아니었다.

육교를 차지한 놈들의 숫자가 얼마 되지 않아 가능한 일이었다.

셩-

이민준은 블랙 스노우를 회수하며 말했다.

"정리가 끝났습니다. 가시죠."

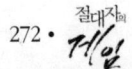

"그러지요."
"우와! 그래도 갈 때는 좀 편하게 가겠네. 흐흐!"
"그러게. 저놈들 피로 샤워하는 건……. 으으! 생각만으로도 소름이 끼친다니까."

카소돈을 시작으로 다른 일행들이 육교 위로 올라섰다.

이민준은 포일런을 쳐다봤다. 그는 기대에 찬 눈으로 이민준을 응시하고 있었다.

'꼭 구해 와야 하네! 꼭!'

포일런의 눈은 마치 그렇게 말을 하는 것 같았다.

평생을 바친 건 물론이거니와 유령이 되어서까지 욕심을 부린 일이다.

젊음을 유지하는 몸에 자신의 영혼을 심는 것!

유령 연금술사의 측면에서 보면 이 정도의 갈망은 당연한 일인지도 몰랐다.

사람이 욕망을 갖는 건 자연스러운 거니까.

'나라고 다를까?'

이민준 또한 멸망을 막은 후 안전하게 이 세상을 빠져나가고 싶은 열망을 가지고 있었다.

게임으로부터의 해방!

절실히 바라던 일이었다.

물론 그것만 있는 건 아니었다.

이민준은 육교를 걷고 있는 앨리스를 쳐다봤다.

최근 들어 생긴 또 다른 목표 한 가지!

그리고 그건 바로 특별한 감정이 생긴 앨리스와 함께 이곳 세상을 벗어나는 것이다.

가능하리란 분명한 믿음도 있었다.

그렇게 생각하니 슬쩍 미소가 지어지기도 했다.

"후우!"

가볍게 숨을 내뱉어 가슴을 휩쓰는 감정을 정리했다.

끄덕-

이민준은 포일런을 향해 가볍게 인사를 하고는 일행들과 합류하여 육교 위를 걸었다.

으으으- 에에에-

육교 아래쪽에는 바퀴벌레처럼 바글바글 모인 좀비들이 공중을 향해 손을 뻗고 있었다.

일행들을 물어뜯고 싶은 충동에 저런 행동을 하는 걸 거다.

"흐음."

놈들에게서 시선을 뗀 이민준은 고개를 흔들었다.

주신의 성전을 떠나기 전, 포일런에게 들은 이야기가 떠올랐기 때문이다.

모든 정리를 끝내고 일행들을 성전 밖으로 내보냈을 때였다.

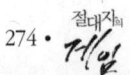

"이보게, 한니발. 잠시 이야기 좀 하지."

포일런이 이민준을 불렀다. 그러고는 말했다.

"뭐, 죄책감이나 그런 거 때문에 말하는 건 아닌데 말이야."

포일런은 살짝 눈치를 봤고, 이민준은 답을 요구하는 것처럼 유령 연금술사를 빤히 쳐다봤다. 그러자 포일런이 손으로 공중을 휘저으며 말했다.

"나한테 마이너스라는 걸 알면서도 말해 주는 거야. 자네가 의심할까 봐. 우리는 이제 파트너가 아닌가?"

파트너는 무슨?

이민준은 눈을 조금 더 크게 뜬 채로 물었다.

"그러니까 대체 말하고 싶은 게 뭔데?"

"아니, 내 말은 말이야. 밖에 있는 좀비들 있잖은가."

"그건 그쪽이 한 거 아니라며?"

"에, 뭐 말하자면 그렇긴 한데, 또 이게 자세하게 따지면 그렇지도 않거든."

이민준은 고개를 갸웃했다. 그러자 진심으로 미안한 표정을 지은 포일런이 말을 이었다.

"내가 여기 들어온 이후 말이야. 적어도 하루에 10개 이상의 생산물을 만들었다네. 내 영혼을 집어넣는 실험을 위해서 말이지. 그런데 자네 말마따나 세상 시간이 수백 년이나 지난 거면 땅속에 묻힌 생산물의 숫자가 얼마나 되겠는가?"

그래? 그렇다고?

연속 퀘스트 • 275

이민준은 대충 머릿속으로 계산을 해 보았다. 그러자 최소 수십만이라는 숫자가 떠올랐다.

그것도 최소로 잡아서 그런 거지, 제대로 따진다면 수백만이라는 숫자가 나올지도 모를 터였다.

"그렇다면 설마?"

"그래. 맞아. 실험이 끝난 생산물들을 성전 근처에 묻었거든. 그런데 그 숫자가 계속 불어서 어쩔 수 없이 땅속으로 밀어 넣는 연금술을 사용했단 말이지. 메이던 지역에 골고루 묻히라고 말이야."

"아!"

이민준은 그제야 모든 일이 정리되는 기분이었다.

이 양반이 진짜?

이민준이 무섭게 눈을 뜨자, 또다시 눈치를 살핀 포일런이 조심스럽게 말했다.

"분명 말했지만 내가 의도한 건 아니야. 나도 이런 일이 벌어질 줄은 꿈에도 몰랐어. 저놈들이 살아 나온 건 누가 뭐래도 이 망할 지역의 마기 때문이라고. 썩은 땅이 좀비를 만들어 낸 거지."

잠시 말을 멈춘 포일런은 이민준이 별다른 반응을 보이지 않자 접시를 깬 어린아이처럼 민망한 표정으로 말을 이었다.

"그러니까 내가 의도한 건 아니지만, 어쨌든 근본을 따지면 내가 원인이지 않은가? 그래서 미안하다는 말을 하고 싶었다네."

이민준은 포일런을 정면으로 쳐다봤다. 굳이 이런 말을 해 줄 이유가 없었기 때문이다.

하지만 또 다른 생각이 들기도 했다.

그럴 만큼 포일런이 백발 마녀의 꽃을 원한다는 말이었다.

포일런은 혹여나 이민준이 좀비 발생의 역학 관계를 알게 되어 자신과의 관계를 끊을까 걱정을 한 거다.

그래서 을의 처지가 된 지금 모든 부분에 대해서 솔직해지자 마음을 먹은 거였다.

"그럼 우리 관계에는 아무런 문제가 없는 거지?"

역시.

포일런은 잘해 보자는 듯 하얀 이를 드러내며 웃었고,

끄덕-

이민준은 고개를 끄덕여 주는 걸로 대답을 대신했다.

육교를 이용한 덕분에 일행들은 두 시간이 채 걸리지 않고도 메이던 밖으로 도착할 수 있었다.

이민준은 메이던 지역의 경계 쪽을 바라보았다.

으으- 에에-

좀비들이 들판을 가득 메우고 있었다.

'징그러운 놈들.'

다행이라면 흡사 유리막이라도 처진 것처럼 좀비들이 메

이던 지역 밖으로 나오지 못하고 있다는 거였다.

아마도 마기의 영향인 듯싶었다.

잠시 생각을 정리하는 사이, 카소돈이 다가와 말했다.

"우리가 가야 할 곳은 죽음의 땅 소이엄 대륙이군요."

"맞습니다."

"소이엄이라면 다행히도 대륙 간 이동 금지 마법이 걸리지 않은 지역입니다. 몬스터에게 완전히 장악당한 대륙이니까요."

"대륙 간 이동 금지 마법이요?"

"그렇습니다. 제대로 된 왕국이 들어선 대륙이라면 타 대륙과의 이동을 금지하는 마법을 걸어 놓고 있지요."

이민준이 고개를 갸웃하자 이유를 알겠다는 듯 미소 지은 카소돈이 말을 이었다.

"정치, 경제적 이유 때문입니다. 무분별한 이동 마법으로 타 대륙 사람들이 들어오는 걸 막고, 물류의 이동을 제한하겠다는 뜻이지요."

"그렇군요."

이민준은 고개를 끄덕였다. 카소돈의 말을 듣고 보니 그럴 만하다는 생각이 들어서였다.

막말로 밀수꾼들이나 범죄자들이 경계가 허술한 마법진을 이용할 수도 있는 거다.

또한 그렇게 들여온 불법 물품이 대륙의 경제를 망칠 수

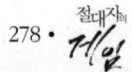

도 있고 말이다.

"뭐, 어쨌든 소이엄에는 제대로 된 왕국이 남아 있지 않으니 가능한 일입니다. 이걸 다행이라고 해야 할지, 불행이라고 해야 할지."

카소돈이 씁쓸한 표정을 지었다.

그는 정치나 종족에 상관없이 생명을 소중히 여기는 할루스의 사제니까.

카소돈의 진심이 느껴졌다.

짝-

이민준은 손뼉을 마주치며 일행들에게 말했다.

"그렇다면 소이엄으로 출발하기 전에 필요한 물품들을 사야겠군요."

"사도 많이 사야죠. 소이엄에 제대로 된 상점이 있다는 소리를 들어 본 적이 없으니까요."

이민준의 말에 앨리스가 고개를 끄덕이며 대답했다.

"뭘 하더래도 쇼핑은 언제나 신 나는 거지!"

에리네스가 지금까지와는 다르게 활기찬 얼굴로 맞장구를 쳤다.

그래. 쇼핑은 신이 나는 거니까.

이민준은 아서베닝에게 물었다.

"베닝, 바리아슨 성 근처에 이동 마법진 숨겨 놓은 거 맞지?"

"제가 철저한 건 형도 잘 아시잖아요."
그렇다면 바리아슨 성으로 가는 게 맞는 거다.
그곳은 동부에서도 알아주는 유통의 도시니까.
"그럼 슬슬 움직여 볼까?"
아서베닝과 함께 이동 준비를 하려던 참이었다.
칙- 펑- 파앙-
멀지 않은 곳에서 연달아 폭발이 일었다.
물론 그다지 큰 폭발은 아니었기에 위압감은 전혀 느껴지지 않았다.
이민준은 고개를 돌려 폭발의 근원지를 확인했다.
"으흐흐! 이 망할 좀비 놈들아! 맛이 어떠냐!"
휙- 치익- 펑-
으에으으-
그리고 그건 다름 아닌 루나의 폭발 유리병이었다.
에으에으-
몸에 불이 붙은 좀비가 양손을 뻗은 채로 버둥대고 있었다. 경계 바로 뒤쪽에 선 루나를 향해서였다.
하지만 안타깝게도 좀비는 밖으로 나올 수가 없었다. 마기의 경계에 정확하게 걸려 있었으니 말이다.
"어떠냐? 죽겠지? 너희도 우리를 그렇게 괴롭혔잖아."
칙- 펑-
"맞아요. 맞아요, 루나 님. 이놈들, 이거 정말 징그러운 놈들입니다. 파이어!"

휘익- 펑-

그리고 거기엔 크마시온마저 가세해서 좀비들을 괴롭히고 있었다.

저들의 모습을 본 에리네스가 고개를 갸웃하며 앨리스에게 물었다.

"쟤들 뭐하는 거죠? 분명 저거보다 강한 공격 스킬을 사용할 수 있을 텐데, 왜 저리 약한 스킬만 사용하는 걸까요?"

그러자 앨리스가 웃으며 말했다.

"복수라잖아요. 좀비들이 자기들을 괴롭힌 만큼 자기들도 좀비를 괴롭혀 준다고 저러고 있는 거예요."

"와! 저 녀석들."

에리네스가 황당한 표정을 지었다.

그러거나 말거나,

칙- 펑-

에으으으-

"으흐흐!"

휘익- 퍼엉-

케으으으-

"헤헤헤!"

루나와 크마시온은 고통스러워하는 좀비들을 보며 즐거워하고 있었다.

획- 펑-

루나가 작은 폭발 유리병을 집어 던진 후였다.

으에으으- 그으에으마은-

"이거 봐! 이거 봐! 크마시온! 너도 들었지? 저놈 분명 '그으마안'이라고 말했지?"

"맞아요, 루나 님! 저도 들은 거 같아요."

"아픈가 봐."

"그렇겠죠?"

"ㅎㅎ! ㅎㅎㅎ!"

"으ㅎㅎㅎ!"

두 녀석이 신이 났다는 듯 웃었고,

"와! 저 멍청한 것들 진짜."

그걸 지켜보던 아서베닝은 혀를 차며 고개를 흔들었다.

이민준은 아서베닝에게 물었다.

"슈퍼 리치가 되면 지능이 올라서 현명해지는 거 아니었어?"

그러자 아서베닝이 고개를 흔들며 대답했다.

"슈퍼 리치가 아니라 슈퍼 멍청이가 되었나 보죠. 이동 준비는 끝났어요, 형."

"그래. 알았다."

고개를 끄덕여 준 이민준은 루나에게 소리쳤다.

"야! 너네! 진짜! 후우! 그만하고 가자."

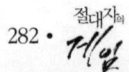

"앗! 오빠!"

"으윽! 주인님!"

그제야 일행들의 분위기를 눈치챈 루나와 크마시온이 총총걸음으로 달려왔다.

후으윽-

순간 이동이 이루어진 지점은 바리아슨 성에서 얼마 떨어지지 않은 지점이었다.

제한 시간부터 확인했다.

10분도 채 남지 않은 상황이었다.

이민준은 일행들에게 양해를 구하고 따로 떨어져 나왔다.

현실을 다녀온 후 성에서 합류하기로 한 거였다.

조금의 시간이 더 흐른 후였다.

후우욱-

이동 게이트가 나타나서는 이민준을 삼켜 버렸다.

제10장

다가오는 위협들

우우웅- 끼익-

이민준은 차에서 내렸다.

충남 아산의 외곽 쪽에 자리 잡은 지역이었다.

부웅- 드드드드-

개발이 한창 진행 중인 지역이라 그런지, 덩치 큰 트럭과 중장비들이 뿌연 먼지를 일으키며 좁은 길을 오가고 있었다.

"후우."

손을 휘저어 먼지를 내쫓은 이민준은 시간부터 확인했다.

약속 시간이 얼마 남지 않은 상황이었다.

아니나 다를까?

후우웅-

눈에 익은 승합차가 코너를 돌아 이쪽을 향해 오고 있었다.

끼이익- 탁-

"어이구! 이 대표님, 먼저 오셨군요."

차에서 내린 사람은 다름 아닌 이호범이었다.

"저도 지금 막 도착한 겁니다."

"이 대표님, 오랜만입니다. 잘 지내셨죠?"

"그럼요. 물론입니다."

그리고 그 뒤를 이어 박군두와 마정출이 차에서 내렸다.

목소리를 잡기 위해 새마음 심부름센터의 사장인 지혁수에게 부탁해서 소개를 받았던 사람들이다.

비록 중간에 불의의 사고가 일어나 이호범이 다치는 일이 발생했지만, 그래도 이들과 함께한 덕분에 만족할 만한 결과를 얻기도 했었다.

이민준은 이호범에게 물었다.

"몸은 좀 어떠세요?"

"병원 밥이 입에 맞았던지 그새 살이 좀 쪘습니다."

"다 나으신 건가요?"

"뭐, 그 정도는 문제도 안 됩니다. 그런 일로 아팠다고 하면 창피한 거죠."

"다행입니다."

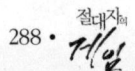

"이 대표님이 신경 써 주신 덕분입니다."

이민준은 마정출과 박군두와도 가벼운 대화를 나누며 그간의 근황을 파악했다.

서로 간의 이야기가 끝이 난 후였다.

"자, 이제 일 이야기를 좀 해 볼까요?"

이민준의 말에 이호범과 마정출, 그리고 박군두의 눈빛이 변했다.

확실히 프로라는 생각이 들 정도로 제대로 자세가 잡힌 사내들이었다.

이민준은 이들에게 대번 테크원과 슈트에 대해서 설명해 주었다.

그러자 이호범이 고개를 끄덕이며 물었다.

"특수 목적을 가진 슈트란 말씀이시죠?"

"그렇습니다."

"이 대표님이 우편으로 보내 주신 자료도 확인했습니다. 통관 서류에 있는 내용이 확실하다면 슈트가 이곳에 있는 대번 테크원 공장에서 제조되었을 가능성이 가장 높습니다."

이호범이 멀리 보이는 공장 건물을 손으로 가리켰다.

굉장히 넓은 부지를 차지하고 있는 공장이었는데, 일반적인 공장과는 달리 담이 높고 경계가 삼엄한 곳이었다.

착-

박군두가 기다란 망원렌즈가 달린 카메라를 내밀었다.

카메라를 사용해서 멀리 있는 대번 테크윈 공장을 확인하라는 의미였다.

물론 이민준은 이런 망원렌즈를 사용할 필요가 없었다.

현실 능력치를 올린 덕분에 망원경만큼이나 뛰어난 시력을 가지게 되었으니 말이다.

"고맙습니다."

하지만 이호범 일행은 그런 이민준의 사정을 알지 못하니 망원 카메라를 이용하는 모습을 보여 줄 필요가 있었다.

이민준은 카메라를 들어 공장 외곽을 확인했다.

외곽 벽에는 보안 카메라가 촘촘하게 설치되어 있었다.

또한 일정한 간격을 두고 만들어진 보안 초소에는 젊은 보안 요원들이 한 치의 빈틈도 없는 자세로 주변을 경계하고 있기도 했다.

이민준은 카메라를 내리며 말했다.

"저곳이 공장이라는 걸 모르는 사람이 본다면 자칫 군부대로 오해하겠습니다."

"왜 아니겠습니까? 뭐, 어쨌든 대번 테크윈도 방산 업체니까요. 삼엄한 경비가 과한 건 아니죠."

이민준은 고개를 끄덕였다.

저래서는 침투가 쉽지 않을 터였다.

또한 침투한다고 해도 저 넓은 공장 어디에서 슈트를 만들고 있는지 알 길이 없으니, 쉽게 들어갈 수도 없는 상황이고 말이다.

"아무래도 대번 테크윈에 대한 정보가 너무 부족한 것 같군요."

"그렇다고 아주 방법이 없는 건 아닙니다."

이민준의 말에 이호범이 미소 지으며 한 말이었다.

"다른 방법이 있다는 말씀이세요?"

"혁수가 나름 범죄자들의 네트워크를 만들지 않았습니까? 우. 제. 살 클럽이라고."

"아!"

'우리도 제대로 살아 보자'의 줄임말인 우. 제. 살 클럽.

이민준도 기억하고 있는 클럽이다.

그리고 그 클럽을 운용하고 있는 사람 또한 지혁수이고 말이다.

이호범이 계속해서 말했다.

"우리 클럽 쪽 인맥들을 이용해서 저곳에서 일하는 가족이나 친지를 가진 사람을 찾아보겠습니다. 운이 좋다면 도박이나 마약 같은 거에 연관된 사람이 나올지도 모르죠."

"좋은 생각인 것 같군요."

이민준은 고개를 끄덕였다.

누군가 그런 이야기를 했다고 하지 않았던가?

여섯 단계만 거치면 세계 어느 곳에 있든 만나고자 하는 사람을 모두 만날 수 있다고 말이다.

비록 전과자들을 통해서 정보를 얻는 일이지만 나쁠 건 없었다.

더군다나 '우. 제. 살' 클럽은 죄를 뉘우치고 착하게 살려는 사람들의 모임이 아니던가?

이민준은 이호범에게 말했다.

"최대한 이른 시일 안에 찾아 주실 수 있겠습니까?"

"걱정하지 마세요. 일 처리 하면 또 저희 아닙니까?"

"믿겠습니다."

이호범에게 미소를 지어 준 이민준은 고개를 돌려 대번 테크원 공장을 바라보았다.

'강경억, 나는 무슨 수를 쓰더라도 당신을 무너트릴 방법을 찾아내고 말 거다.'

꽈득-

주먹을 굳게 쥔 이민준은 한동안 말없이 대번 테크원 공장을 노려보았다.

우우웅- 끼익-

천안 본사에 도착했을 때는 어느덧 하늘이 저녁노을에 물들어 가고 있는 시간이었다.

'늦었다!'

타다닥-

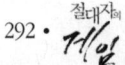

차에서 내린 이민준은 서둘러 건물로 들어섰다.

보는 사람이 없었다면 향상된 육체 능력을 사용해서 단숨에 뛰어 올라갔을 거다.

하지만,

"대표님, 저희 먼저 퇴근합니다."

"아, 그래요. 내일 봐요."

"대표님, 저희도 들어가요."

"고생들 했어요."

주변에 보는 눈은 물론이고 건물에 부착된 감시 카메라들도 널려 있으니 조심해야 했다.

"대표님, 오셨습니까?"

3층 로비에서 이민준을 기다리고 있던 비서가 달려와 인사했다.

"장 변호사님은요?"

"회의실에서 기다리고 계세요."

"알겠습니다. 회의 끝나는 시간까지 기다리지 말고 어서 퇴근하세요."

"하지만 그래도……."

"걱정하지 말고 퇴근해요. 저 야근 시키는 거 싫어하는 거 알잖아요. 진심입니다."

"알겠습니다."

비서에게 미소로 인사를 한 이민준은 빠른 걸음으로 회

의실에 다다랐다.

달칵-

"이 대표님."

문을 열고 들어서자 장현식이 기다렸다는 듯 자리에서 일어나며 반겼다.

"죄송합니다. 많이 기다리셨어요?"

"아닙니다. 다급하게 연락을 하고 내려온 제가 죄송할 따름이지요."

"회사 일 때문에 오신 거라면서요. 그런 거면 바쁘신 장 변호사님이 미안해하실 일이 아니죠. 앉으시죠."

회의실에는 장현식뿐만 아니라 경영팀의 안이성 부장과 전산 개발팀의 노영인 팀장, 그리고 성창식이 함께 있었다.

비록 야근을 싫어하는 이민준이지만 장현식이 중요한 일이라고 했으니 어쩔 수 없는 일이었다.

회의 탁자에 놓인 생수로 목을 축인 이민준은 침착한 표정으로 물었다.

"급히 상의할 게 있다고 하셨는데 무슨 일입니까?"

이민준의 물음에 잠시 회의실을 둘러본 장현식이 말을 꺼냈다.

"제가 아는 소식통을 통해서 들은 이야깁니다. 신뢰도도 높고요."

"어떤 이야기입니까?"

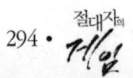

"이번 국회에서 개인 정보 보호법을 강화할 거라는 소식입니다."

"개인 정보 보호법을 강화하다니요?"

"들리는 이야기로는 현 여당의 실세인 최순직 의원을 필두로 개인 정보 보호법의 개정을 요구하고 있답니다."

"최순직 의원이요?"

"그렇습니다."

"흐음."

최순직 의원이라면 강경억의 처제인 소선진의 남편이자, 미국 방산 업체인 힐트론과 연결이 되어 있는 사람이었다.

'그렇다면 설마 대변에서?'

장현식의 이야기를 듣는 순간 이민준은 상황을 짐작할 수 있었다.

하지만 그렇다고 해도 내용을 정확하게 알아야 하는 거니까.

이민준은 침착하게 숨을 내뱉으며 물었다.

"그러니까, 그 법의 어느 부분을 말씀하시는 겁니까?"

"법을 세밀하게 개정한다는 겁니다. 특히 개인의 신체와 관련하여 상업적인 이용을 제한한다는 내용이 골자입니다."

"기업이 개인의 신체를 이용하지 못하게 한다고요?"

장현식의 말에 놀란 눈으로 질문을 한 사람은 다름 아닌

다가오는 위협들 • 295

노영인 팀장이었다.

장현식이 고개를 끄덕이며 대답했다.

"그렇습니다. 특정 개인의 신체를 상업적 목적으로 활용하는 기업을 규제한다는 겁니다. 특히 노 팀장님이 개발한 프로그램처럼 고객 개개인의 정확한 신체 사이즈와 얼굴 형태 등을 데이터화하는 걸 막겠다는 거죠."

"이런!"

"그게 무슨?"

회의실 곳곳에서 탄성이 터져 나왔다.

왜 안 그럴까?

이민준의 아이디어로 시작한 노영인의 프로그램은 SH무역이 야심차게 준비한 반격 무기였다.

빼앗긴 시장을 찾아올 유일한 기회.

그런데 그걸 법으로 규제한다는 거였다.

"이게 말이 됩니까?"

성창식이 씩씩대며 자리에서 일어났다.

화가 난 건 성창식뿐만이 아닌 듯, 노영인과 안이성 부장도 얼굴이 붉게 변해 있었다.

노영인이 최대한 억누른 목소리로 말했다.

"이건 완전 우리를 표적으로 한 거잖아요. 이걸 야당에서도 찬성한다는 겁니까?"

그러자 장현식이 변화 없는 얼굴로 말했다.

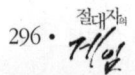

"안타깝게도 야당에서조차 동조하는 의원들이 많은 듯합니다."

이민준은 고개를 끄덕이며 말했다.

"결국 대번에서 돈을 풀었다는 말씀이시군요."

"이번 일의 얼굴마담은 티엘의 강 대표입니다."

"그렇다고 해도 뒤에 있는 돈줄이 대번이라는 사실은 변하지 않잖아요."

"이 대표님 말씀이 맞습니다."

회의실에 무거운 침묵이 찾아왔다.

달칵-

장현식은 그런 분위기를 이겨 내기라도 하겠다는 듯 생수를 따서 목을 축였다. 그러고는 말을 이었다.

"또 다른 소식통에 의하면 내일부터 주요 일간지를 통해서 모바일 시대에 일어나는 개인 정보 침해에 대한 시리즈 기사를 내보낼 요량인 것 같습니다."

"여론을 조장해서 법 통과를 쉽게 만들자는 속셈이겠죠?"

"그런 셈입니다."

피식-

이민준은 그만 헛웃음을 흘리고 말았다.

대기업에서 구를 대로 구르고 나온 이종준이 해 준 말이 생각났기 때문이었다.

'재벌들은 절대로 혼자서 일을 벌이지 않습니다. 그들은 정치권과 법조계, 그리고 언론에 항시 발을 뻗고 있으니까요.'

역시나 이종준이 말한 것처럼 대번은 그들이 가진 모든 걸 활용하는 중이었다.
머리가 지끈거리는 것처럼 아팠다.
"나 참, 이거."
털썩-
결국 힘이 빠진 성창식도 의자에 몸을 묻고 말았다.
"후우."
고개를 흔든 안이성 부장이 말했다.
"세상에 이런 법이 어디 있습니까? 경제를 살리고, 나라를 살린다면서요. 그러면서 우리 같이 기술력과 아이디어로 승부를 보는 소기업을 규제한다는 겁니까?"
"와! 이건 진짜 삼류 소설에도 나오지 않을 일이 어떻게 우리나라에서 벌어지냐? 진짜! 아우!"
성창식도 답답하다는 듯 가슴을 쳤다.
이들의 마음을 어찌 이해하지 못할까?
'결국 괴물에게 덤벼서 이기는 방법이 없다는 말인가?'
입맛이 썼다.
다시금 생수로 마른입을 적신 장현식이 말했다.

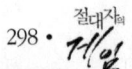

"어쨌든 특허권 획득을 위한 진행은 계속하도록 하겠습니다. 한국에서 법이 막힌다고 해도 여전히 해외에서는 가능성이 있으니까요."

"당연합니다. 그 일은 계속 진행해 주세요."

노영인의 프로그램은 획기적인 기능을 가지고 있었다.

그렇기에 한국은 물론 주요 기술을 필요로 하는 나라에서 특허권을 획득하는 건 중요한 일이었다.

이민준은 회의실에 있는 모두를 돌아보며 말했다.

"너무들 힘 빠져 있지 맙시다. 이 일은 제가 최대한 확인을 해서 해결 방법을 찾아보겠습니다."

이민준의 말에 사람들이 나름의 위안을 찾은 표정이었다.

하지만 그렇다고 해서 불안감이 완전히 없어진 건 아니었다.

아무리 날고 기는 대표라고 해도 대기업에서 작정하고 나선 일을 어떻게 막는단 말인가?

이민준은 생각을 달리했다.

이럴 땐 너무 심각하게 머리를 싸맬 필요가 없는 거다.

그러고는 장현식에게 물었다.

"장 변호사님, 오늘 바쁘세요?"

"아니요. 저도 이게 오늘의 마지막 일이었습니다."

"그럼 오신 김에 같이 식사하고 가세요. 제가 맛있는 집을 압니다."

"괜찮으시겠어요? 오늘 분위기도 안 좋은데?"

"기운이 빠질 때는 복잡한 일 잠시 접어 두고, 맛있는 거 많이 먹고 신 나게 스트레스를 푸는 것도 하나의 방법이지요."

모두가 놀랐다는 표정으로 이민준을 쳐다봤다.

이민준은 웃는 얼굴로 직원들에게 말했다.

"다들 안 바쁘시면 같이 저녁이나 먹죠. 오늘은 제가 쏘겠습니다. 아! 물론 강제하는 건 아닙니다."

"저는 좋습니다."

"뭐, 대표님 말에도 일리가 있다고 생각합니다."

다들 조금은 어색하지만 그래도 수긍을 하는 분위기였다.

아직 초상집이 된 건 아니니까.

또한 준비한 일이 조금 막혔다고 해서 당장 회사가 무너지는 것도 아니고 말이다.

"그럼 가실까요?"

이민준은 오히려 기운차게 행동했다.

모두가 힘내기를 바라며.

그러자,

"그래요. 너무 힘 빠져 있지 맙시다!"

"그럽시다! 그러자고요! 분명 방법이 있겠지요!"

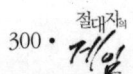

회의실에 있는 사람들도 표정이 바뀌며 달고 있던 불안감을 털어 내는 분위기였다.

※ ※ ※

후우욱-

강렬한 빛의 통로를 지난 후였다. 상쾌한 기분과 함께 게임 안으로 들어섰다.

촤아아-

이민준은 눈앞에 펼쳐진 바다를 바라보았다.

절대자의 게임 세상에도 어둠이 내리기 시작했는지 푸르렀던 바다가 점점 거뭇하게 변해 가고 있었다.

이곳은 어둠 속에서 빛을 뿜는 생명체들도 살아가는 세상이다.

그런 생물들이 바다에도 살고 있었기에, 거뭇거뭇해지는 바다 곳곳에서 형형색색의 빛이 수면을 뚫고 올라왔.

'낚시를 좋아하는 사람이 봤다면 손이 근질근질해질 장면이네.'

문득 그런 생각이 들기도 했다.

"후우."

고개를 흔들어 잡생각을 떨친 이민준은 서둘러 바리아슨 성으로 들어섰다.

전에 들렀을 때는 상인들로 붐볐던 거리다.

그때는 시간대가 대략 아침 정도였었으니까.

그런데 지금은,

"어머! 오빠! 여기 좀 봐요. 놀다 가! 잘해 줄게."

"거기! 귀여운 총각! 이리 좀 와 봐. 응? 뭘 원하는지 잘 알고 있다니까?"

"자기야, 내가 좋은 거 보여 줄게. 여기서 놀다 가라!"

마치 다른 거리가 된 것처럼 붉은빛의 등을 내건 가게들이 술과 웃음을 팔고 있었다.

'정말 신기한 도시네.'

저도 모르게 재밌다는 생각이 들기도 했다.

'가만 보자.'

이민준은 성내 지도를 열어서 일행들이 지내기로 한 여관의 위치를 확인했다.

도보로 대략 10여 분 남짓에 있는 여관이었다.

여관을 향해 막 발걸음을 떼려던 참이었다.

"호외요! 호외! 오늘 벌어진 엄청난 일들에 관한 겁니다!"

키가 작은 소년 하나가 소식지를 한 움큼 끌어안고는 소리치며 뛰어다니고 있었다.

"호외요! 호외! 대륙 곳곳에서 일어난 사고로 오늘 하루에만 무려 10만 명이 죽었대요!"

10만 명? 그것도 하루에?

전쟁이라도 난 건가?

이민준은 순간 불길한 기운을 느꼈다.

만약 전쟁이 아니라면 그건 어디선가 재앙이 닥쳤다는 뜻이리라.

그리고 재앙이 일어났다는 건 바로 멸망의 때가 다가왔다는 의미이기도 했다.

이민준은 서둘러 소년에게 다가갔다.

"꼬마야, 소식지 하나 줄래?"

"500원이에요."

짤랑-

동전과 소식지를 맞바꿨다. 그러고는 소식지에 담긴 내용을 눈으로 빠르게 훑었다.

'이럴 수가!'

소식지에는 서부에 떨어진 소행성 충돌에 관한 내용이 담겨 있었다.

'3만 명.'

서부에서 일어난 소행성 충돌로 죽은 사람의 숫자였다.

그뿐만이 아니었다.

남부에서는 거대한 화산이 폭발하면서 지역 하나를 통째로 불지옥으로 만든 내용도 실려 있었다.

'남부에서도 3만 명.'

그리고 마지막으로는 북부에서 일어난 혹독한 눈보라에 관한 내용이었다.

한 지역 전체를 강타한 눈 폭풍이 어찌나 심했던지, 무려 4만 명에 다다르는 사람이 순식간에 얼어 죽는 사건이 발생한 거다.

자그락-

이민준은 소식지를 움켜쥐었다.

이건 대재앙이었고, 그리고 대재앙이 벌어졌다는 건 멸망이 나타날 시기가 정해졌다는 의미였다.

'확실하게 확인을 해야겠어.'

무엇보다 중요한 건 이 소식지가 그저 관심이나 끌려고 만든 가짜일 수도 있다는 거였다.

순간 카소돈과 앨리스가 떠올랐다.

두 사람이라면 사건의 진위와 멸망에 관한 이야기를 나누기에 충분한 이들이었다.

타닥-

이민준은 서둘러 일행들이 지내고 있는 여관을 향해 달렸다.

여관에 도착한 이민준은 카소돈을 찾아 오늘 일어난 사고와 멸망에 관한 이야기를 나누었다. 그러자 카소돈이 침통한 표정으로 말했다.

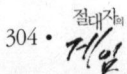

"아무래도 일이 제대로 벌어진 것 같군요."
"저도 그렇게 생각합니다."

카소돈 또한 이번에 벌어진 일들이 멸망과 직접적인 관계가 있다는 걸 인정하는 듯싶었다.

이민준은 앨리스를 쳐다봤다. 그러자 그녀가 말했다.

"저도 조금 전 여황 폐하를 통해서 연락을 받았어요. 그 소식지에 담긴 내용, 모두 사실이에요."

"아."

"하루에 10만 명이라니……."

"끔찍하네요."

일행들 모두 충격을 받은 얼굴이었다.

왜 아니겠는가?

하루 사이에 10만 명이 죽어 나가는 일이 보통 일은 아니지 않은가?

"흐음."

깊은숨을 내뱉었다.

그때였다.

띵-

[상처 : 멸망의 징조가 나타났습니다.]

이민준은 고개를 끄덕였다.

그건 이미 예언가 네룬다 아칼루이아의 예언서를 통해서 알고 있었던 부분이니까.

다가오는 위협들 · 305

띵-

[상처 : 멸망의 3 징조가 나타난 이후 멸망이 완전하게 힘을 회복하기까지는 정확히 한 달의 시간이 걸립니다. 그 사이 주신의 숨겨진 성지를 모두 활성화하지 못하면 이 세계는 진정한 멸망을 맞이할 겁니다.]

진정한 멸망.

그건 모두의 죽음을 의미하는 거였다.

이민준은 시선을 돌렸다.

그러자 오른쪽 위 끝에 '멸망 : D-30'이라는 문구가 생겨났다.

멸망까지 30일이 남았다는 알림이었다.

'이런.'

꽈득-

이민준은 주먹을 굳게 쥐었다.

아직 활성화하지 못한 주신의 성지가 무려 5개나 남은 상황이었다.

그나마 다행이라면 소이엄 대륙과 관련된 퀘스트를 해결하는 것만으로도 3개의 성지를 한 번에 활성화할 수 있다는 거니까.

드륵-

자리에서 일어난 이민준은 일행들에게 말했다.

"앞으로 남은 기간은 한 달입니다. 한 달 안에 모든 성지

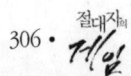

를 활성화해서 멸망 녀석의 근본을 뽑아 버려야 합니다."

"그렇군요. 그렇다면 최대한 서둘러 움직여야겠네요."

"맞는 말이에요. 우리가 이 여행을 시작한 이유가 있잖아요!"

이민준의 말에 일행들 모두 의지를 굳게 다졌다.

함께하는 파티원들의 사기는 언제나 중요한 거니까.

이들이 이렇게 적극적으로 나서 준다니 다행스러운 일이었다.

그러다 문득 아서베닝이 고개를 갸웃하며 물었다.

"그런데 형, 포일런이 소이엄에서 뭘 구해 달라고 한 거예요?"

"그러게요, 주인님. 그 유령이 요구한 게 구하기 쉬운 물건인가요?"

아서베닝과 크마시온의 물음에 모두가 궁금한 얼굴로 이민준을 쳐다봤다.

물론 그 내용을 알고 있는 루나는 제외하고 말이다.

이민준은 지난 일을 떠올렸다.

생각해 보니 포일런이 있던 성전에서 거래 조건만 말해 줬을 뿐, 구해 와야 할 물건이 무엇인지에 관해선 일행들에게 이야기해 준 적이 없었던 것 같았다.

특별히 그것에 대한 궁금증을 제시한 사람도 없었고 말이다.

다가오는 위협들 • 307

이민준은 아무렇지 않게 대답해 주었다.

"포일런이 구해 달라고 한 건 백발 마녀의 꽃이었어."

그다지 큰 문제는 아닐 것으로 생각했었다.

그렇기에 몇몇 일행들의 얼굴이 빠르게 변하는 모습을 이해하기도 힘들었고 말이다.

'뭐지?'

그런 생각이 들 때였다.

대륙 일에 대해 잘 알고 있는 에리네스가 놀란 눈으로 말했다.

"세상에! 루나, 너도 알고 있었던 거니?"

"당연하죠. 제가 그 꽃을 추출하는 스킬을 전수받았는데요. 근데 왜요?"

"후우! 하기야, 너는 소이엄에 대해서 잘 모르지?"

"윽! 아시잖아요. 제가 아키쿠바라는 변태 마법사에게 오랜 기간 갇혀 있었다는 걸."

"그건 그렇지."

에리네스는 힘이 빠진 얼굴이었다.

그리고 그녀처럼 카소돈과 아서베닝도 기운이 빠진 표정이었다.

물론 킹 섀도우 나이트는 표정을 알 수 없었다.

((흐어어.))

하지만 녀석의 탄식 소리로 봐선 녀석도 뭔가를 알고 있

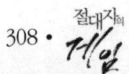

는 게 분명했다.

"왜? 뭔데? 뭐가 있어?"

이민준의 물음에 크마시온이 턱을 달그락거리며 말했다.

"그게 말입니다, 주인님. 그 백발 마녀의 꽃이란 게 1천 년에 한 번 피는 꽃입니다."

"진짜?"

"정말요?"

소리를 지른 사람은 루나와 앨리스였다.

"후우! 이건 뭐."

이민준은 소리만 지르지 않았을 뿐, 소리친 두 사람처럼 가슴이 철렁하는 기분이었다.

그러다 문득 드는 생각이 있었다.

크마시온에게 물었다.

"설마 포일런이 그것도 모르고 부탁한 건 아닐 거 아니야? 기간이야 어찌 되었든 소이엄에 백발 마녀의 꽃이 있기는 한 거지?"

"네, 맞습니다. 당연히 있지요. 근데 그게 딱 한 송이뿐입니다."

딱 한 송이?

그렇게 귀한 거였어?

이민준은 고개를 갸웃하며 물었다.

"그래? 그런데 그걸 아무도 안 건드리고 내버려 두고 있단 말이야?"

그러자 크마시온이 턱을 달그락거리며 대답했다.

"안 건드린 게 아니라, 못 건드린 거예요."

"뭐 때문에?"

"그 꽃이 자라는 지역이 블랙 드래곤들의 주요 서식지니까요."

"블랙 드래곤들의 주요 서식지? 한 마리나 두 마리가 사는 곳이 아니고?"

"맞아요, 형. 백발 마녀의 꽃이 자라는 다이온은 바로 제 고향이에요."

대답한 이는 다름 아닌 아서베닝이었다.

아서베닝의 고향.

다이온.

블랙 드래곤들이 득실거리던 그곳.

이민준은 아서베닝을 통해 예전에 봤던 영상을 떠올렸다.

무시무시한 블랙 드래곤들이 모여 사는 바로 그 지역.

백발 마녀의 꽃이 바로 다이온에서 자라고 있다는 소리였다.

'이것 참.'

느닷없이 막다른 골목에 다다른 기분이었다.

대체 어떻게 그곳에서 백발 마녀의 꽃을 구해 온단 말인가?

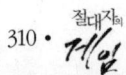

이민준은 아서베닝에게 물었다.

"베닝아, 그런데 블랙 드래곤들은 왜 그 꽃을 가만히 내버려 두는 거야? 포일런이 구해 달라고 할 정도면 뭔가 신비한 힘을 가진 꽃일 거 같은데."

"신비한 힘을 가진 건 맞아요. 그리고 천 년 만에 펴서 딱 1년 동안만 꽃잎을 유지하기도 하고요."

이민준은 고개를 끄덕여 주었다. 그러자 아서베닝이 계속해서 말을 이었다.

"오랜 세월을 사는 블랙 드래곤들에겐 마치 행운을 가져다주는 부적 같은 거예요. 그러니까 정해진 1년을 채우지 못하고 꽃이 지거나, 누군가 꺾어 가면 남은 1천 년이 불행해진다고 믿는 거죠."

"무슨 그런 황당한……."

이민준은 말을 끝까지 맺지 못했다.

어떻게 보면 사람들이 믿는 징크스와도 같은 걸 테니까.

"그러니까 지금 우리가 그런 꽃을 꺾으러 가야 한다는 말이지?"

"네. 맞아요."

이건 마치 화가 난 블랙 드래곤의 뺨을 한 대 더 후리러 가는 기분이었다.

잠시 생각을 정리했다.

하지만 그렇다고 해도 답은 나오지 않았다.

이걸 어떻게 해야 하지?.

고개를 들어 일행들을 바라보니 모두의 얼굴에 막막해하는 표정이 역력했다.

"후우."

크게 숨을 내뱉은 이민준은 일행들을 돌아보며 말했다.

"일단……."

이민준의 말에 모두의 시선이 자석에 끌리는 쇳가루처럼 그에게 확 딸려 왔다.

이민준은 방긋 웃으며 말했다.

"저녁부터 먹읍시다."

모두가 잠시 황당하다는 표정을 지었지만, 그렇다고 굶으면 손해니까.

"그래요. 일단은 밥부터 먹고 기운을 내 봐요."

앨리스가 가장 먼저 자리에서 일어났고,

"으아! 맞아요, 맞아! 눈앞에 있는 문제부터 해결해야죠!"

루나를 뒤따라 나머지 일행들도 하나둘 자리에서 일어나 아래층에 있는 식당으로 향했다.

※ ※ ※

갈르시온은 비가 내리는 창밖을 바라보고 있었다.

'망할 자식.'

설마 의원 오도스가 한니발의 손에 죽게 될 줄은 생각조차 하지 못했다.

물론 의원 하나 죽었다고 해서 갈르시온이 화가 났다거나, 아쉽다는 건 아니었다.

오도스야 죽거나 말거나 그다지 큰 문제는 아니니까.

단, 신경이 쓰이는 건 한니발 때문이었다.

'점점 통제 불능이 되어 가고 있어.'

그건 정말 불행한 일이었다.

언제였던가?

동양인 유저에게 들었던 속담이 떠올랐다.

'죽 쒀서 개 준다는 게 이런 건가?'

갈르시온은 어금니를 꽉 깨물었다.

한니발을 통제하지 못한다면 이 지긋지긋한 게임을 떠날 수가 없게 된다.

"흐음."

창밖으로부터 시선을 뗀 갈르시온은 고개를 흔들며 방 안을 걸었다.

이건 정말 문제였다.

모든 역량을 한니발에게 맞추고 있었으니까.

그 때문에 멸망을 앞당기는 술수를 쓰기도 했고 말이다.

그런데 한니발을 통제하지 못한다고?

'아니! 이건 아니지!'

위원회의 의원으로서 그건 용납할 수 없는 일이었다.

이젠 행동에 나서야 할 때다.

6이 됐든 1이 됐든, 주사위를 던지지 않으면 결과도 나오지 않는다는 건 분명한 사실이지 않은가?

그런 생각을 하고 있을 때였다.

똑- 똑-

누군가 문을 두드렸다.

"들어와."

끼익-

갈르시온의 허락에 검은 복면을 쓴 사내가 방으로 들어와 말했다.

"의원님들이 모두 모이셨습니다. 갈르시온 의원님을 기다리는 중입니다."

"그래. 알았네."

고개를 끄덕여 준 갈르시온은 기다렸다는 듯 방을 나섰다.

회의실에 모인 의원은 갈르시온을 포함해 총 5명이었다.

그들은 하나같이 비장한 표정으로 갈르시온을 바라보는 중이었다.

지금 상황이 어떻게 돌아가고 있는지는 모두 잘 알고 있으니까.

굳이 갈르시온이 나서서 복잡한 말로 설명을 할 필요는 없는 거였다.

자리에 선 채로 양손을 포개 잡은 갈르시온이 입을 열었다.

"여러분들도 알다시피 한니발이 바리아슨 성에서 소이엄으로 가는 이동 마법 주문서를 구매했다고 합니다."

모두가 고개를 끄덕였다.

그 또한 모두 알고 있는 내용이었다.

갈르시온이 계속해서 말했다.

"어쩌면 우리에게 주어진 마지막 기회일지도 모르지요. 소이엄이 말이죠."

의원들의 얼굴을 죽 훑어본 갈르시온이 결심했다는 듯 고개를 끄덕이며 말했다.

"위원회의 의원으로서 긴급 명령을 내리는 바이요. 의원 모두 소이엄으로 가야 합니다. 그리고 그곳에서 한니발에게 최후의 통첩을 하는 수밖에 없을 것 같구려."

"옳으신 결정입니다."

"바로 준비를 해서 떠납시다."

"이젠 그자를 가만히 둬선 안 됩니다!"

의원들이 모두 자리에서 일어서며 한마디씩을 했다.

'그래. 이게 마지막 기회니까!'

쫘득-

 주먹을 굳게 쥔 갈르시온도 의원들과 눈을 마주치며 뜻을 굳혔다.

                              15권에 계속

www.mayabook.co.kr

www.mayabook.co.kr

www.mayabook.co.kr

www.mayabook.co.kr